中华文史故事 第三辑

情恋 故事

◎ 张巨才 主编
毛毛 编著

中州古籍出版社
·郑州·

图书在版编目(CIP)数据

情恋故事／张巨才主编. — 郑州：中州古籍出版社，2019.1

（中华文史故事）

ISBN 978-7-5348-7000-2

Ⅰ.①情… Ⅱ.①张… Ⅲ.①历史故事-作品集-中国 Ⅳ.①I247.81

中国版本图书馆 CIP 数据核字（2017）第 078136 号

出版社：中州古籍出版社
（地址：郑州市经五路66号　邮政编码：450002）
发行单位：新华书店
承印单位：河南瑞之光印刷股份有限公司
开本：640mm×960mm　1/16　印张：14
版次：2019年1月第1版　印次：2019年1月第1次印刷

定价：25.00 元

本书如有印装质量问题，由承印厂负责调换。

目 录

遭冷遇卓文君弹唱《白头吟》……………………… 1

劝出山孔明迎娶黄阿丑……………………………… 5

陈国事钟离春进宫侍宣王…………………………… 9

违礼仪崔生新婚失娇妻……………………………… 12

恨绵绵七月七日长生殿……………………………… 16

芳菲节一叶随风忽报秋……………………………… 22

情切切王仙客终会刘无双…………………………… 28

痴情女崔莺莺真情反遭弃…………………………… 37

此门中人面桃花相映红……………………………… 48

题红叶十年后成鸾凤友……………………………… 51

姿色美花蕊夫人两为妃……………………………… 57

投清池君宝夫妇存节义……………………………… 61

竞棋艺小道人两局定姻缘…………………………… 68

掷瓦片王生戏谑成姻缘 …………………………………… 85

团头女金玉奴棒打薄情郎 …………………………………… 91

缘犹在李彦直心坚金石 …………………………………… 103

死相随清安寺里笑啼缘 …………………………………… 108

刘翠翠生不相从死相从 …………………………………… 114

续前缘绿衣女死后还魂 …………………………………… 123

断桥情文世高破镜重圆 …………………………………… 129

遇薄幸王娇鸾百年长恨 …………………………………… 146

避大雨蒋震卿片言得美妾 …………………………………… 167

斥无义杜十娘怒沉百宝箱 …………………………………… 176

吴三桂冲冠一怒为红颜 …………………………………… 199

因贫富张氏姊妹易嫁 …………………………………… 207

失美人顺治帝皈依佛门 …………………………………… 215

遭冷遇卓文君弹唱《白头吟》

卓文君随司马相如私奔并定居成都,虽然清贫,但夫唱妇随,感情笃好,日子过得倒也逍遥。后由于同乡太监杨得意的举荐,相如得到了喜好文艺的汉武帝的赏识。尤其是他写的《上林赋》,极力歌颂了汉武帝游猎的壮观和中央皇朝无可比拟的恢宏气魄,那之后他更为汉武帝器重,官封为郎。此后相如夫妇定居长安,开始了吟诗作赋、饮酒赏花的富贵生活。

在京城做官数年,司马相如常陪同汉武帝游苑田猎,并作赋歌颂,深得汉武帝的宠幸。这年,邛、筰君长归顺西汉称臣,汉武帝便拜司马相如为中郎将,前往西南夷抚慰。当司马相如的车骑进入四川以后,每过一处,太守以下的大小官员均到郊外迎接。蜀地百姓均以司马相如为荣。相如岳父卓王孙也从此改变了态度,把家中的财产分给卓文君,令其和自己的儿子分得的一样多。

几个月后,司马相如完成了安抚西南夷的使命,回到京城，奏明冉、駹、斯榆等君长均愿撤去边关，归汉称臣。汉武帝听后非常高兴，于是拜司马相如为孝文园令。从此，司马相如官高爵显，童仆满门，生活非常富裕。

汉武帝元鼎二年，年过六旬的司马相如告病还乡，移居茂陵。他在这里建有一座非常幽美的大花园，此后常徜徉其间，吟诗作赋更是怡然自得。美中且有不足，何况现实生活。这时的司马相如虽今非昔比，但他也有痛苦。一天，他面对灼灼桃花、茵茵春草，不觉想起文君满脸的皱纹和如霜的两鬓，心中甚是痛苦。久而久之，司马相如对卓文君就有些冷淡了。

却说正值这时，茂陵有个商人的女儿，正值豆蔻年华，不但容颜姣美，而且能歌善舞，琴棋诗画也很精通。她发誓非少年才子不嫁。求婚者络绎不绝，一时间门庭若市，日日热闹非凡。司马相如听到这个消息后，立马托人前往求婚，想以重礼娶这个少女为妾。商人虽然觉得司马相如已是白发老朽，但想想相如乃一介名流，其才名远播，文采风流，如果能招他为女婿，一定会光耀门庭，于是竟不顾女儿的极力反对，很爽快地应下这门亲事。司马相如得知后，特别高兴，于是选好吉日，准备迎娶。

这里司马相如欢天喜地地忙于准备婚礼，那边却有一个人在独自啜泣。自从来到茂陵之后，卓文君便感觉到司马相如对自己日益冷淡，尤其是近日他竟移居别室不登房门了。

想起过去夫妻俩相亲相爱的情景,又想到而今相如要娶小妾,且也不跟自己商量一下,她越想越恼,越想越伤心。想当年自己不顾众人的耻笑,偷偷地跟司马相如私奔;定居成都后为维持生计还不惜当垆卖酒,虽然那时日子过得艰苦,但两心相许,倒也幸福。原指望两人能相敬如宾,白头偕老,没想到相如得了富贵之后,中途变了心;将来商人的女儿嫁了过来,还有自己说话的份儿吗?卓文君不想还好,一想不禁心酸得泪流满面。如今自己人老珠黄,备受冷遇,真是怨愤难平,感慨万千。于是她愤然提笔写成《白头吟》一诗:

皑如山上雪,皎若云间月。
闻君有两意,故来相决绝。
今日斗酒会,明旦沟水头;
躞蹀御沟上,沟水东西流。
凄凄复凄凄,嫁娶不须啼;
愿得一心人,白头不相离。
竹竿何袅袅,鱼尾何簁簁。
男儿重意气,何用钱刀为!

卓文君写完之后,又吟咏了几遍。然后她取出七弦琴,弹唱起来。低沉急促的琴声和着这哀怨凄绝的《白头吟》,更是显得凄惨悲伤,痛苦万状。这琴声被路过这里的司马相如听见了,他不听还不知道,一听便深感其中的不对劲儿。当他听到卓文君泣不成声地唱出"闻君有两意,故来相决绝""愿得一心人,白头不相离"时,心就有如被鞭子抽打着一般;再想想自己不得意时卓文君对自己的不离不弃和花前月下的美好时光,更觉羞愧,不由推门进屋,面带惭愧地对文君说:"文君,别弹了,好吗?"

文君见相如来到,并劝她别再弹琴,更是悲愤,越弹越激动,以致用力过猛而弦断声裂。琴声一停,文君的泪就直刷刷地往外涌,仿佛断了线的珍珠一般。

司马相如像做错了事的孩子,轻轻地把弦接好,满心惭愧地对文君说:"文君,我对不起你,看在多年夫妻的面上,请原谅我这一次,我马上就派人去退亲,好吗?文君,原谅我吧!"相如看见妻子止住了泪,才放下心来,接着取过七弦琴,调好琴弦,又满怀深情地弹起了那曲曾经深深打动过卓文君的《琴歌》:

凤兮凤兮归故乡,遨游四海兮求其凰。

琴声一起,便勾起了他们对当年相识相爱的生活的回忆,弹到动情之处,夫妇两人不觉对目而视,激动而泪流。

这天下午,司马相如派人去商人家把亲事退了,自此以后夫妻和好如初,相伴到老。

劝出山孔明迎娶黄阿丑

诸葛亮，字孔明，"功盖三分国，名成八阵图""鞠躬尽瘁，死而后已"的蜀汉名相。他不但才智过人，而且也是一个英俊潇洒的美男子。

他祖籍山东，在三国军阀纷争、兵荒马乱的年月里，到南阳的隆中避乱。他亲自耕种田地，劳作之余，好读《梁父吟》及各类兵、史书籍，知天时地利，懂古今时事，抱负高远。二十多岁时，他便已名声在外，被朋友们称为"卧龙先生"。

诸葛亮有一个哥哥诸葛瑾，因为父母早丧，兄弟俩住在一起，相依为命。俗话说"长兄当父，长嫂当母"，弟弟的婚事自然少不了诸葛瑾夫妇操心。

离南阳不远的沔阳，有一位隐士黄承彦，五十多岁，非常有才学，他与诸葛亮来往甚密，常在一起讨论天下大事，两人成了忘年交。这位黄隐士有一个女儿阿丑，他有心想把女儿嫁给诸葛亮,但想到诸葛亮仪表堂堂,而自己的女儿不但身材五短,面色黑黄,而且脸上还长有明显的麻子。如此不相配,只好作罢。

阿丑则不像他父亲这么想。她是一位很特殊的姑娘,除善做女红之外,她还是一个才女。她自幼饱读经书,学识渊博,心中装着天下大事。当黄承彦问她对自己的婚事有什么想法之时,她说:"自古以来都说郎才女貌为美满姻缘,我可不这样认为。我虽然长得很丑,但从小跟随父亲读书,自认为才学不亚于天下男子。如果要让我来选女婿,我一定要选一个仪表出众的美男子,这叫'女才郎貌'。"

听罢阿丑的这一席话,黄承彦先是一愣,一会儿心里又大喜。他在想,女儿的确非同常人。"女才郎貌"本是阿丑与父亲在家里的议论,不想这句话很快就被传了出去。因此,所有知道阿丑相貌的邻里都嘲笑阿丑是一个不知天高地厚的人。后来这话传到诸葛亮那儿,诸葛亮一听,则认为阿丑的确是一个有志气的女中豪杰,心中十分敬慕。嫂嫂知道他的这一心事之后,便亲自去了沔阳,找到黄承彦家,探问能否成就这门亲事。黄承彦本来早就有此意,只是觉得女儿太丑,匹配不上,如今见他嫂嫂前来提亲,自然是满口答应。而阿丑呢,则另有想法。她曾听说诸葛亮才华横溢,便与诸葛瑾夫人说她希望见见诸葛亮,等他们谈话之后再决定这门亲事。

而此时的诸葛亮已受了刘备的两顾茅庐之请，出不出山，心里很是矛盾。出山辅佐刘备吧，如今天下动荡，辛苦奔波，出生入死，倒算不了什么，要紧的是成败谁能料定；不出山吧，自己一生困守这些田地，必然埋没自己的才华，难展自己的远大抱负。他很想听取黄承彦的意见。如今听说阿丑要见自己，正好可以与她讨论这个问题，于是欣然前往。

诸葛亮到了黄家，黄承彦叫女儿出来相见。诸葛亮见了之后认为："阿丑虽然长得丑陋，但她爽直大方，很有风度。"相互寒暄几句后，诸葛亮便把刘备两顾茅庐相请自己的事和他本人的想法告诉了他们，请黄隐士参谋。

黄承彦问："你倒是想不想出山？"

诸葛亮说："思前想后，还是继续隐居，种田好些。在如今天下大乱的情况下，还是苟且偷生，不求闻达的好，你说呢？"

没等黄承彦回答，阿丑便插话说："小女子虽才疏学浅，但愿向先生进一言。我认为避乱隐居，当然有一定的道理；然而身处乱世之中，很难过上什么清静的日子。苟且偷生，也不会容易，你看那孔融虽然是个书生，仍被曹操杀死；祢衡高傲自好，也死于非命。先生，你难道还不应该从中吸取一些教训吗？依我看，先生人称'卧龙'，有救世之才，应当挺身出山。况且刘备是一个有雄图大略的人，曹操早就看出他是一个英雄。刘备两次相请，这说明他知人爱才，你应该出山辅佐他。大丈夫一生一世，为什么要默默无闻？为什么不可以去干一番轰轰烈烈的事业呢！"

阿丑的慷慨陈词，使诸葛亮大吃一惊，没想到这样一个养在深闺之中的小女子，竟有如此远见卓识。阿丑的学识远远超出了诸葛亮的意料，诸葛亮茅塞顿开，决定出山，并坚定了迎娶阿丑的决心。

不久之后，诸葛亮便同阿丑在隆中的茅庐之中成了亲。此后，阿丑不但是诸葛亮贤惠的妻子，更是诸葛亮料理军政大事的好助手。后来，诸葛亮辅佐刘备在汉中称帝，三分天下，这其中也倾注了阿丑的辛勤汗水和智慧。

陈国事钟离春进宫侍宣王

齐宣王即位以后,自以为齐国在各诸侯国中是一个比较强大的国家,遂安于现状,不思进取,日夜饮酒作乐。

一日,齐宣王在雪宫里大摆筵席,宫娥彩女翩翩起舞,一时甚是热闹。正玩得高兴,忽有侍从进来报告,说有一个丑陋的妇人闯到了宫门口,口口声声说要面见齐宣王。宣王听了,心里老大不高兴,于是宣那妇人进来。只见她前额很宽,眼睛深陷,身体粗笨,腰背不直,头发脏乱一如乱草,真是奇丑无比。尤其是她那身破烂的穿着和鲁莽的举止,与宫中的气氛格格不入。

宣王令左右问她:"你这奇丑无比的女人,为什么要面见大王?"

那女人慨然回答:"我家在无盐,名叫钟离春,年过四十,找过不少人家,都没能嫁出去。今日听说大王在宫里欢宴,便特地赶来求见,并希望留在后宫里,日夜服侍大王。"

宣王的左右侍从见钟离春如此丑陋，竟还敢向宣王请求进后宫，真是觉得好笑至极。她们还以为她是一个女疯子呢。

宣王听她这么一说，便好奇地问："本王后宫中嫔娥侍女多得是，像你这样连乡下人都不肯娶的女人，为什么偏偏要选择进宫呢？难道你有什么特别的才能吗？"

钟离春笑了笑说："我虽然没有什么特别的才能，但我会做各种动作来准确地比喻国家时政！"说完，她扬扬双目，咬了咬牙，举了举手，拍了拍膝盖，问宣王说："大王懂我的意思了吗？"

宣王摇了摇头。钟离春说："请大王先恕我冒昧之罪，我再为您解说。"

宣王表示同意。钟离春便解释说："我扬起双目是要提醒大王警惕国家有烽火之乱；咬咬牙齿，是要大王不要拒绝臣下的劝谏；举举手，是要大王把奸臣贼子赶走；拍拍膝盖，是要大王把游宴宫台拆除！"

宣王听了不由大怒，他说："你这村女，胆敢诬蔑本王，我难道有这四个方面的过失需要你来指责吗？"

钟离春不慌不忙地说："请允许我把话说完，对于这四个问题，我想要详细说明的是：第一，齐国和秦国都是大国，可是，秦王重用商鞅，变革法制，富国强民，过不了多久就会东出函谷关与齐国作战。而我们齐国不重用良将，边境守卫纪律渐渐松弛，难道不正面临着烽火刀兵之患吗？第二，大王喜游宴、好女色，而不理朝政，忠臣志士，谏而不纳，难道不应该广开言路，招纳忠言吗？第三，大王周围有像王斗、驺衍等这样的小人，他们只会阿谀奉承、高谈阔论，华而不实，难道不应该挥手把他们驱逐出去吗？第四，大王在宫馆楼台游宴歌舞，不但劳民伤财，而且荒废了朝政，难道不应该停建或拆除吗？这四个方面的过失与缺陷，像累卵一样危险；而大王却苟且偷安，只顾享乐，不知祸害在前。我今日为大王明言，愿大王猛醒，我即便因此得罪了大王而被处死，也死而无憾！"

齐宣王听了钟离春这一番慷慨激昂、有理有据的陈辞，深受感动。于是，当下下令撤宴，并用车载钟离春回王宫，立她为王后。钟离春说："大王如果不采用我的主张，何必要立我为王后呢？"齐宣王听后，当天便开始着手做政事改革，后拜田婴为相，遣散了一些奸诈小人，加强了国防力量，齐国很快便出现了与一个大国身份十分相称的繁盛局面。

齐宣王后来因钟离春有功，把无盐之地封给了她，并封钟离春为无盐君。

违礼仪崔生新婚失娇妻

唐玄宗开元、天宝年间,有个姓崔的读书人,居住在一个名叫逻谷口的地方,他喜欢种植花草树木,并在门外种了些有名的花木。每到春末,这些花香气飘散,即便是在百步之外也能闻到。崔生每天早晨都要出来观赏一番。

一天,他忽然看见一位姑娘骑着马自西向东而去,后面跟着一群奴婢,一转眼就过去了。那姑娘长得非常漂亮,崔生非常遗憾自己没有时间细看。

第二天,崔生在花下摆好酒、菜以及杯、勺,在地上铺好褥垫,待那姑娘又经过这里,他便迎着马头说:"我生性喜欢花木,我亲自栽种的这些花,现正开得红艳,幽香四溢,值得一看。我见你常经过这里,想必也劳累了,我斗胆在这里准备了些酒菜,请你下马来休息休息。"那姑娘没加理睬,依旧赶她的路。她后面跟随的一奴婢对崔生说:"不用担心她不来,你只管准备好酒食,在这里耐心等待。"那姑娘听了，回过头来训斥道："谁让你随便与外人说话？"说完便走了。

第三天，崔生在花下又摆出酒食，等那姑娘一到，他便策马紧随其后，到了一个别墅前面，他迅即下马行礼，请那姑娘下马休息。过了一会儿，一个年老的婢女对姑娘说："这马儿已很疲劳了，我们先休息一会儿吧。"于是拉住姑娘的马，牵到厅堂阶下。这老婢女对崔生说："你既然这样诚恳，又没成亲，我想给你聘娶这位姑娘，怎么样？"崔生听了特别高兴，一而再地拜谢她，并请求她别失信。老婢女说："要不了多久就会办好的，十五天以后是个大好日子，这一天，你只管办齐婚礼所需的东西，并在这里备好酒食。我们姑娘的姐姐住在逻谷里面，她有点儿不舒服，这些天我们姑娘天天都得去探望她。今天去那里以后，我可以把这婚事告诉她姐姐；到了婚期，我再陪她姐妹俩来到这里。"说完之后，便催促大家一起上路走了。此后，崔生就依照那婢女的话，备办齐了娶亲所需要的一切东西。到了婚期这一天，老婢女果真陪着姑娘姐妹俩来了。姑娘的姐姐也气质高雅，落落大方。就这样，姑娘和崔生结成了美好姻缘。

崔生的母亲住在老屋里，根本就不知道崔生娶亲成家的事。也由于这个原因，崔生不敢告诉母亲实话，只说娶了一个偏房。崔生的母亲见到了新娘，发现她不但美丽异常，而且颇懂礼仪，对自己很是恭敬。

就这样过了一段时间,崔生发现母亲的容颜显得衰老而略带病态,于是问母亲是什么原因。母亲说:"我只有你这么一个儿子,希望你能长命百岁,现在你娶的这个新娘,妖艳无比,我在图画中也不曾见过有如此美貌的女子,恐怕她是狐狸精之类的妖怪变的。我日夜担心她会害死你。"崔生听后来到新房见新娘子,新娘便一把鼻涕一把泪地对他说:"我与你结婚,本想能白头偕老的,谁知你母亲竟把我当作害人的狐狸精。我明天就离开这里,我们相亲相爱只有这一夜了。"崔生掩面而泣,说不出话来。

第二天,接姑娘的车马来了。姑娘骑上马,崔生跟在后面送她。他们走进逻谷三十多里地时,只见这山谷里有一条美丽的小溪,小溪两岸有许多特别珍贵的果子;楼馆房舍更是富丽堂皇,赛过王侯相府。一百多人迎来拜见姑娘,她们说:"小姐,这个不知礼仪的崔生,何必把他带来!"说完,簇拥着姑娘进屋去了,把崔生一个人留在门外。不一会儿,一个奴婢来传姑娘姐姐的话:"你的行为不正,使太夫人对这桩婚事产生了疑虑而加以阻挠,按说我们就应让你们立刻断绝关系,不必再见面。但考虑到小妹既然与你有这么一段姻缘,也就勉强接待你一次。"于是把崔生叫了进去,又是好一顿教训,崔生拜伏在地,一言不发。

堂中摆好酒菜之后,便让崔生一起吃饭。席间,女乐工管弦齐鸣,一时好不热闹。乐曲一完,姐姐便对姑娘说:

"崔生必须要马上离开这里，你有什么东西要送给他吗?"姑娘就拿出一个白玉盒子送与崔生，崔生也留给她一点东西以作纪念。一会儿，崔生与姑娘都悲哭着走了出来。崔生走到逻谷口，回头一看，只见千岩万壑，无路可走，回到家中，崔生独自大哭了一场。他把那白玉盒子放在案前，日夜观看，自是日夜悒郁不乐。

一天，忽有一外地和尚来敲门化斋。崔生出门见他，那和尚说："你有一件非常珍贵的宝物，请让我看看好吗?"崔生说："我是一个穷困的读书人，能有什么宝物拿给你看?"和尚说："我从观望云气中得知你有一件仙人赠你的东西，难道没这么回事?"崔生在迷惑之中想起那个白玉盒子，便拿了出来给和尚看。那和尚见了，立即起身，拜了又拜说："请把它卖给我好吗? 我出一百万贯钱。"崔生便卖给了他。一会儿，他问那和尚说："你知道那位姑娘是什么人吗?"和尚说："她是王母娘娘的第三个女儿，名叫玉卮娘子。她的姐姐在仙都也享有美名，在人间那就不用说了。遗憾的是你娶那姑娘为妻的时间不长久，倘若她能在你家住上一年，你全家人一定都成仙了。"崔生听后，一直到死都又气又恨。

恨绵绵七月七日长生殿

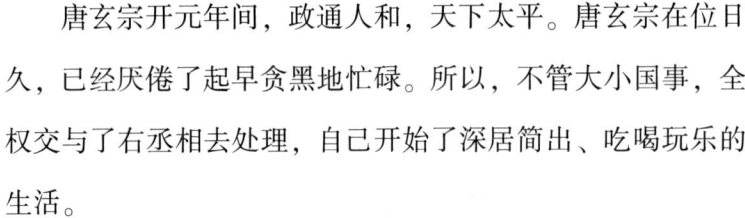

唐玄宗开元年间，政通人和，天下太平。唐玄宗在位日久，已经厌倦了起早贪黑地忙碌。所以，不管大小国事，全权交与了右丞相去处理，自己开始了深居简出、吃喝玩乐的生活。

在这之前，先后有元献皇后、武惠妃深得他的宠爱，后来她们都去世了。宫中虽然有不少好人家的姑娘，但没有一个被玄宗看得上的。玄宗因此每天郁郁寡欢。

当时，每年的十月份，皇帝都要到华清宫去，宫中的后妃和朝廷大臣的夫人们都打扮得漂漂亮亮地随从而去。皇帝洗完澡后，就让她们去洗。贵妇人们洗温泉时，一个个体态妖娆，皇帝看到这动人的场景时，总不由飘飘兴起，期待能遇到一个令自己满意的妇人，然而环顾前后左右宫妃，竟没有一个出色的。皇帝便命太监高力士暗中去宫外物色美女。他后来发现寿王之妻杨玉环，头发乌黑，不胖不瘦，举止优雅，与汉武帝的那位李夫人一样漂亮非凡。皇帝知道之后，便专门为她准备了一间浴室，让她尽情洗浴。这天，杨玉环刚从水中洗浴出来，浑身显得非常柔弱无力，就连那轻纱衣都嫌太沉而穿不起来似的；不仅如此，她还容光焕发，一转动身子更是照得人的眼睛都熠熠发亮。皇帝很是高兴。

皇帝召见杨玉环这天，宫廷中奏起了《霓裳羽衣曲》来欢迎她。不久，皇帝便决定娶她为妃。就在他们举行结婚大典的那夜，皇帝赠给她金钗和镶着珠宝的盒子以表示相亲相爱，永不分离。皇帝还命她头戴金凤凰，这金凤凰上面缀满了珍珠，一走动便颤动有声，皇帝还在她的耳朵上缀上了金耳珠。第二年，她便被封为贵妃，其享受的待遇是皇后的一半。于是，她更加留心打扮，注意应答，做出种种媚态，以讨皇帝欢心。皇帝也因此更加宠爱她。

此后，每当皇帝外出视察各地、祭祀天地山川、到骊山过冬、到洛阳迎春，都要杨玉环陪同前往。她与皇帝坐一辆车，住一间房，吃一席饭，睡一张床。宫中虽然还有三位夫人、九个妃子、二十七个世妇、八十一个御妻，以及女官、宫女无数，但是皇帝就因为有了她而不再亲近其他女子，甚至连看都不看一眼。当然，这不仅仅是因为她长得娇美异常，还因为她聪明才慧，善于阿谀奉承，能事先猜出皇帝心思，迎合皇帝的心意，的确能耐非凡。后来，杨玉环的叔叔、哥哥、弟弟都因为她而当上了大官，被封为侯爵，姊妹

们也都被封为国夫人。其家宅富丽堂皇,几乎可以与王宫媲美,衣食住行等方面所受待遇与皇帝的姑母大长公主相同,其得到皇帝的信任和拥有的权势则远远超过了大长公主。他们出入皇宫无人敢盘问,京城里的大小官员连正眼瞧瞧他们都不敢。因此,当时有民谣说:"生女儿不要悲酸,生男儿不要喜欢。"又说:"男子不封侯,女儿可以做娘娘,女儿被看成是支撑门户的大横梁。"人们羡慕她到了这种程度。

唐玄宗天宝末年,杨贵妃的哥哥杨国忠窃据丞相要职,之后大肆弄权误国。安禄山起兵叛乱就是以讨伐杨家为借口的。安禄山兵临城下,唐玄宗慌忙南逃,离开咸阳,行至马嵬坡时,侍卫们不愿再走,拿着武器跟随行的官吏们跪在皇帝马前,请求皇帝像汉景帝杀掉晁错来安定天下那样杀掉杨国忠。杨国忠戴上白帽子,帽子上挂上牛尾做的帽缨,捧着一只盘子,里面盛上水,上面放着宝剑,跪在道路边请罪,结果被杀死在道旁。皇帝周围的人仍不罢休。皇帝便问他们是什么原因。当时有一个敢于直言的人出面请求皇帝处死杨贵妃以消除人民的怨恨。事到如今,皇帝也知道,杨贵妃是难免一死了。但他实在不忍心看她去死,遂用衣袖遮住脸,令侍卫将杨贵妃拉出去。杨贵妃就在这混乱中被勒死了。

不久,唐玄宗到了成都,唐肃宗即位。第二年,安禄山被斩,皇帝便回到了长安。唐玄宗被尊为太上皇,并从南宫迁到西边的太极宫居住。时势变了,过去的欢乐不见了,剩下的是无尽的悲凉。每值夏天池塘荷花盛开、秋天宫中槐树叶落之时，玄宗总是无限悲伤，尤其是当《霓裳羽衣曲》从皇宫中传来时，玄宗更是痛苦不堪，其左右随从也常常泪流满面。三年来，他仍念念难忘杨贵妃，有时他希望哪怕在梦中能够见她一面也行啊，然而等待他的是一次接一次的失望。

一天，从四川来了一个道士，他知道唐玄宗如醉如痴地想念杨贵妃，于是报告玄宗，说自己有汉朝李少君招魂的法术。唐玄宗听了大喜，于是命他施展法术。准备停当，道士就开始施展法术，他先使出了全部本领去寻找杨贵妃的魂，没找到；又让自己的灵魂上天入地去寻找，仍没找到；最后他到四方去寻找，东到大海，登上蓬莱岛，看见一座特别高的仙山，上面有许多楼台馆舍。在一个院内的西厢房旁边，有一个朝东的园门，门关着，门楣上写着"玉妃太真院"。道士便拔下发簪去敲门。不一会儿，有一个梳着双髻的小丫鬟出来开门，道士正想与她说话打听，不想她转身就走回去了。再过了一会儿，另外出来了一个穿绿色衣服的丫鬟，她详细地盘问了道士的来头。道士也不撒谎，告诉她说是奉了唐朝皇帝的使命来寻找杨贵妃的。丫鬟说："玉妃刚睡，请稍候。"这时，只见云雾弥漫，犹如沉沉大海；一道阳光射来，好像天上开了个洞口；玉石的门窗都一一关闭着，四周悄无声息。道士恭敬地站立着，大气也不敢出，就这样静静地恭候在门外。

不知过了多久,那穿绿衣的丫鬟又出来唤道士进去,她说:"玉妃出来了。"道士抬眼一看,只见眼前玉立着好几个人,其中那头戴金莲花冠、身披紫纱衣、腰佩红色玉器、脚穿凤头鞋的美妇人对道士行了一礼,问他说:"皇帝还好吗?"接着还问了天宝十四年以来的事情。听完道士的回答,她不胜悲哀。她吩咐穿绿衣的丫鬟拿来金钗玉盒,留下一半,递给道士一半说:"请你替我问候太上皇,谨献上这个东西,表示旧日的恩爱。"道士谢过,也记住了她的嘱托,但在离开之际脸上显出不满足的样子。玉妃发觉后,便问他是什么缘故。道士再次跪下说:"请您告诉我一件当年不曾被外人所知道的事,以便让太上皇验证。不然,这金钗和玉盒带上恐怕也会有诈骗的嫌疑。"玉妃茫然起身,走到一边,稍作回忆后说:"天宝十年,我曾陪皇帝去骊山宫中避暑。七月七日,即牛郎、织女鹊桥相会的那天晚上,按照风俗,在这天夜里挂好锦绣幔帐,摆上吃喝,陈列鲜花美果,在院里烧香,俗称'乞巧'。宫廷中也非常盛行这一风俗。这天夜半时分,侍卫们都回东西厢房休息去了,我与皇帝单独在一起,并肩站着,望着天空,在牛郎、织女故事的启迪下,我们暗暗许下诺言,愿我们世世为夫妻。说完,我们手握着手相视而泪流。这一件事只有我与皇帝知道。"一会儿,她又悲哀地说:"因为有了这个念头,我又不能在这里住下去了。我还得堕入下界,而且以后还要结下姻缘。或在天上,或在人间,我坚决要与他再相见,并像往日那样相亲相爱。太上皇也不能在人间待很久了,请告诉他一定要多多保重,不要自寻烦恼。"

道士回去后,把这件事前后仔细地奏明太上皇,太上皇听罢更是悲伤不已,他的身体也因此日益崩坏。这年夏天四月,唐玄宗便含恨离开了人世。也真个是:

> 天长地久有尽时,
> 此恨绵绵无绝期。

芳菲节一叶随风忽报秋

昌黎人韩翃是唐玄宗天宝年间很有名气的文人之一。他居无定所,流落他乡,日子很是艰难。他有一位姓李的朋友,两人交情颇厚。这李生家庭富裕非同一般,不但讲朋友义气,也很爱惜天下人才。当时有一个很得他宠爱的女子叫柳氏,这柳氏平时很喜欢开玩笑和唱歌,并且还是当时屈指可数的美人。李生特别把她安置在另外一座院落,那里是李生与韩翃常在一起饮酒赋诗的地方,韩翃也被李生安置在这里,并且与柳氏住隔壁。只因为韩翃是当时的名士,所以前来拜访的人也多是英雄豪杰之辈。

一次,柳氏从门缝中窥视韩翃,并对她的丫鬟说:"韩先生哪里会是永远贫困的人啊!"柳氏从此便钟情于韩翃。

李生向来比较敬重韩翃,对他慷慨大方,没有什么东西舍不得送给他。当李生知道柳氏非常爱慕韩翃之后,便择了一日宴请韩翃。酒过三巡之后,李生便举杯说:"柳夫人美貌非凡，韩秀才才高八斗，因此我想让柳夫人侍候韩先生，不知你意下如何？"韩翃一听这话，非常吃惊，于是起身离座，对李生说："我韩某承蒙你的恩惠，长期供应我的日常生活之所需，难道还不知好歹地去夺你心爱的人吗？"李生见状，更是坚持相让，力请韩翃不要推辞。这时，深知李生真心实意要把自己让与韩翃的柳氏，听他们如此一说，便主动走来答谢，并一起入席落座。李生请韩翃坐上座，斟好酒，一时间三人杯来盏去地开怀畅饮起来。宴后，李生又拿出三十万钱送与韩翃使用。柳氏爱慕韩翃的文才，韩翃非常喜爱柳氏的美貌，夫妻之间感情甚笃。

第二年，礼部侍郎杨度在科举考试时，录取韩翃为进士甲第。但这韩翃留恋柳氏美色，在家中待了足足一个年头了，还不想出去做官。柳氏便对韩翃说："自己名扬天下，而使父母妻子能分享荣耀，是人们所追求和倾羡的，你怎么能够因为眷恋我这样低贱的人，而耽误自己的锦绣前程呢？何况，家中现在还有一定的钱，足够维持到你回来的日子。"韩翃接受了柳氏的劝告，返回故乡，看望父母去了。

这样又过了一年多，柳氏的钱花光了，此后便陆续典卖起自己的首饰和衣服来，以便维持生计，等待韩翃的归来。

天宝末年，唐朝藩镇节度使安禄山起兵叛乱，率军攻占了长安、洛阳两城。城内男女老少纷纷逃难。柳氏害怕因为自己的美貌而遭到凌辱，于是剪掉长发，改变容貌，前往法灵寺避难去了。就在这乱兵之际,平卢节度使侯希逸调任淄青节度使,他很早就听说过韩翃的大名,深慕他的才华,所以一到任便聘请韩翃担任书记。

唐肃宗收复失地,还都长安之后,韩翃便派人暗中想办法寻找柳氏。他用一条丝织口袋装着沙金,在口袋上写诗一首,诗中说:

章台柳,章台柳,
昔日青青今在否?
纵使长条似旧垂,
亦应攀折他人手。

柳氏见到这首诗后,手捧金沙,大哭不已。周围的人见了,也很替她难过。随后柳氏也赋诗一首,回答说:

杨柳枝,芳菲节,
可恨年年赠离别。
一叶随风忽报秋,
纵使君来岂堪折!

这之后没过多久,有一个少数民族的将军沙吒利,刚刚立了大功。当他得知柳氏貌美之后,便把她抢到家中,特别宠爱。

远在淄青的韩翊哪里知道这些情况，直到侯希逸当了左丞相，韩翊随他进京朝见皇帝，才有机会来到长安。但长安太大，他也没办法找到柳氏，只是心中日夜思念。

事有凑巧，一天，韩翊在龙首山冈看见一个老仆人赶着一辆花牛拉着的带帷幔的车子，后面还跟着两个使女。也许是心灵的感应，韩翊自己也不知道，就鬼使神差地跟在这辆车后面走。忽然，车中传出话来说："这不是韩员外吗？我是柳氏呀！"车中人托使女把自己被沙吒利将军霸占一事告诉了韩翊，并告诉他，车边有人不便说话，让他明天一早在道政里门前等她。

第二天一早，韩翊便来到了约定的地点，柳氏从车上递给韩翊一个用薄白绸包着的玉盒子，里面装满了香脂，并说："我们从此就要永别了！希望你把它留下作个纪念。"柳氏说完，便调转车子，招招手令按原路返回。只见她衣袖轻轻飘展，渐远的车子仍传来吱吱的响声。韩翊呆立不动，目送她离去，直到车子在飞扬的尘土里消失。

这天，淄青来的将领们在酒楼聚会，便派人请来了韩翊，不想这韩翊来是勉强来了，但神气凄怆，言语甚是悲切。在座之中有一名武官叫许俊，他常因为自己有一身武艺而瞧不起别人，今见韩翊如此，便手拍宝剑说："你一定有什么为难的事情，我可以帮助你。"韩翊在他的坚持下把自

己与柳氏的遭遇告诉了他。许俊说:"请你给柳氏写张字条,我立马把她带来。"说完,他便骑马仗剑直奔沙吒利府宅去了。许俊来到沙吒利府宅,见沙吒利出门大约走了一里多地后,便打马进府,一边跑一边喊:"将军不好了,得了急病,叫夫人快去。"仆人和士兵们一听都惊慌地往后退让,没有人敢上前正眼看他。许俊径直冲进后屋,把韩翃手书交与柳氏验证后,便扶柳氏上马,复又快马加鞭冲出府宅,不一会儿便赶到了酒楼。许俊整理了一下衣服,走到韩翃面前说:"幸好没有辱没你的使命。"在座的各位将军也无不惊叹。柳氏与韩翃相会,不由携手痛哭,各位将军也不再喝酒,便散了宴席。

当时,皇帝非常信任沙吒利。韩翃、许俊做完此事后,害怕惹祸,便把事情经过全部告诉了侯希逸。侯希逸听完大吃一惊,他对许俊说:"我生平仗义行侠,许俊你也能这样干吗?"于是赶忙写了奏章,奏明皇帝,说:"检校尚书金部员外郎兼御史韩翃,做我的部下已经很久了,屡建功勋。在此之前,他曾在赴京参加科举考试时娶有妻妾柳氏,后因安史叛乱而失散。柳氏为保全自己,到了庙里做尼姑。如今,国泰民安,远近诸国景仰。沙吒利将军恣意横行,扰乱法令,倚其小小功劳,威逼有志之女。如此横行不法,破坏了安定的秩序。臣下部将兼御史中丞许俊,本是幽、蓟地方的英豪猛士,他雄壮勇猛,夺回柳氏,送归韩翃。许俊怀着忠义的心这样做，虽然是激于义愤，但事先不请示，擅自妄为，这是我缺乏对部下严格管教的过失。"没过几天，皇帝下旨说："柳氏应归还韩翃。给沙吒利二万钱。"这样，柳氏便回归了韩翃。后来，韩翃官至中书舍人。

情切切王仙客终会刘无双

唐德宗建中年间,朝廷大臣刘震有一个外甥,名叫王仙客。这王仙客出生没几年,父亲就死了,他只好随同母亲一起去了舅舅家。刘震有一个女儿,名叫刘无双,比仙客小好几岁。两个小孩年纪小不懂事,经常在一块嬉戏打闹。刘震一家待仙客和他母亲都非常好,刘妻还经常开玩笑,管仙客叫王姑爷。这样不知不觉就过了好些年。

一日,仙客的母亲病重,觉得自己快不行了,便叫来刘震,对他说:"我就一个儿子,心疼他是可想而知的了。但遗憾的是我已无法看到他成家立业。无双美丽大方,我非常喜欢她,等她长大以后请别把她嫁给别的人家。我就把仙客托付给你了。如果你能答应我,我将死也瞑目了。"刘震说:"姐姐你需要安心休息,不要为这些事担心苦恼。"后来,他姐姐真的死了,仙客要守孝服丧,遂送母亲的遗体回故乡襄阳安葬。

三年过去了，王仙客服孝时间已满。这时，他想，自己孤身一人，到了娶妻生子的时候了，如今无双也已长大成人，想必舅舅不会因为他的地位高、官职大而不承认他和无双的婚约吧？打算已定，仙客便打点行装，次日一早起身前往京城。

这时的刘震已是朝廷的尚书兼税务官，府内府外热闹非凡，前来拜会的人络绎不绝。王仙客见过舅舅后，就被安置在书房里住，和刘家的晚辈子弟在一起。像原来一样，刘震还把他当外甥看待，只是仙客与无双的婚约一事却从没提起过。仙客有一次从窗缝里看见了无双，只见她风姿绰约，仿佛仙女下凡。此后仙客简直为她发了疯，生怕婚事不成。于是，他把带来的箱子里的东西变卖了，换得了几百万钱。对舅父、舅母的贴身仆人，甚至打杂的都给了许多钱，并常请他们吃饭喝酒，所以，刘家的内宅门他都能进出。见了表兄弟们，他总是恭恭敬敬。舅母过生日时，他买了精制的犀角、玉石首饰给舅母祝寿，舅母见了非常喜欢。十几天后，仙客托一个老太太把他想向无双求婚的事告诉了舅母。舅母说："这事我非常赞成，马上合计这事好了！"又过了几天，有个小丫鬟过来告诉仙客说："夫人刚才把你求亲的事告诉了我们老爷，老爷说他以前没有答应这门亲事。看样子，你这门亲事可能要吹了！"仙客听后，灰心丧气，一夜没有合眼，他想舅父一定是瞧不起他。然而，他又不敢对舅父有一丝怠慢。

一天，刘震上朝去了。然而太阳刚刚出来，他就满头大汗地赶了回来，一进宅院便大喊："锁上大门，锁上大门！"全家老小非常害怕，不知道出了什么事。过了一会儿，他才说："泾州、原州的军队造反了，泾原节度使姚令言带兵攻进了皇帝的含元殿，皇帝从花园北门逃跑了，百官也都跟着皇帝跑了。我因为惦记着家里老小，暂时回来安排一下。仙客，你赶快帮我料理家事，我把无双嫁给你。"仙客听后，又惊又喜，慌忙跪下叩头谢恩。刘震装好金银绸缎之后，对仙客说："你换了衣服，押运这些东西出西边的开远门，找一个偏僻的旅店住下。我和你舅母等人从南边出启夏门，绕过城接着就赶来。"说后，仙客便按照他的意思办事去了。

仙客押着金银绸缎出了城门，早早地就找了一间僻静的旅店住下，等着舅父舅母等人的到来。城门从午后就关上了，他左看右瞧，南边就是见不到一个人影儿。仙客放心不下，便骑了一匹青花马，打着灯笼绕到南城门。启夏门也上了锁，不少守城门的士兵拿着棒子，坐的坐，站的站。仙客翻身下马，小心地向他们打听说："城里发生了什么事，怎么这个样子啊？"又问："今天有什么人从这里出城吗？"守门的说："朱太尉已经当了皇帝。午后有一个戴大黑帽的人，领着四五个妇女，要出这个城门。街上的人都认识他，他就是税务官刘尚书，管城门的不敢放他出走。傍晚时，追赶的骑兵来了，把他们与所有逃难的人都赶到北边去了。"仙客不由痛哭，无奈之下便只好返回旅店。刚过半夜，城门忽然大开，灯笼火把齐明，士兵们手拿武器，往这边而来。仙客听人说是来捉拿外逃出城的官吏的，便东西也不敢要了，赶紧从旅店逃走了。他后来回到襄阳居住。过了三年，事情已平复，京城的秩序恢复了，他才敢进京去打探舅舅的消息。

来到京城新昌南街，仙客正打不定主意该去哪儿的时候，突见一人在马前叩头，低头一看，原来是旧日的老仆人塞鸿。仙客拉着塞鸿的手流泪问道："我舅舅、舅母还好吗？"塞鸿说："他们现在在兴化坊的住宅里。"仙客惊喜地说："我现在就去找他们。"塞鸿说："今天都这么晚了，你先在我这里暂住一宿，明日清晨一起去也不晚。哦，对了，忘了告诉你了，我已经赎身了，租了一座小房子，就在此前不远，走吧。"仙客随他来到他家，吃喝倒是很齐全。直到天黑，塞鸿才告诉仙客说："刘尚书因为接受了那个伪皇帝的册封，夫妇两个都被处死了，无双也被收进宫了。"仙客听完，放声痛哭，其悲痛欲绝的样子让人感动和同情。仙客对塞鸿说："如今我举目无亲，天下又大，我到哪里安身去呢？旧日的家人还有谁在这儿吗？"塞鸿说："只有无双使唤的丫鬟采苹还在，目前正在金吾将军王遂中家当丫鬟。"仙客伤感地说："我可能再也见不到无双了，如今能够见见采苹，死也甘心了。"第二天，仙客拿了名片，以本家侄子

的礼节去拜见王遂中。见面寒暄过后,仙客便把事情全说了一遍,并表示愿意花大价钱把采苹赎回去。王遂中非常同情他的不幸遭遇,于是答应了他的请求。

赎出采苹之后,仙客便租了房子与塞鸿、采苹住在一块儿。塞鸿见仙客整天忧戚,便常劝他去谋个一官半职,以便日后好过日子。仙客知道自己岁数已不小了,是该去谋个官职了。主意打定之后,仙客便去恳求王遂中。王遂中把他推荐给京兆尹李齐运。李齐运考虑到仙客以前也有挂名的官衔,便任命他去主持长乐驿站。

此后又过了几个月。一天,仙客忽然接到报告,说有太监带领宫女三十人到陵园去打扫,要在长乐驿居住。过了几天,他们果然坐着毡棚车来了。下车时,仙客对塞鸿说:"我听别人说到后宫去当宫女的,大多是官吏的女儿,我想无双也可能在这里呢。你去给我窥看一下,可以吗?"塞鸿说:"宫女数千人,哪有那么巧无双就正好在这里?"仙客说:"你先去看看,说不定还真在这里呢。"仙客让塞鸿装扮成长乐驿站的差人,在门帘外烧茶。又给了他三千个钱,与他约定必须守在茶炉跟前,一刻也不许离开,如果真的看见了无双,就赶紧返回报告仙客。塞鸿领命而去。

然而宫女们都在帘里面,谁也莫想看见,夜里时分更是如此,只是能听清她们的谈话而已。深夜了,塞鸿有任在身,继续洗茶具、烧茶炉,不敢睡觉。忽然帘子里传出话来:"塞鸿,塞鸿,你怎么知道我在这里?少爷他还好吗?"说完不由哭出声来。塞鸿说:"少爷现在管理这个驿站,他疑心小姐在这里,就叫我前来问候一声。"无双说:"我不能多说话,明天我走后,你到东北房子的套间里把紫色褥子底下我留与少爷的信取出来,送给少爷。"说完就离开了。一会儿,帘内传来喧哗之声,说是有宫女得了急病。太监们忙着张罗药和开水,好像说是无双病了。塞鸿急忙赶回,把这里发生的事全告诉了仙客。仙客又惊又喜,连忙问他说:"我怎样才能看她一眼呢?"塞鸿说:"现在正在修渭桥,你可以假装成修桥的官员,等无双的车子过桥时,你靠近车子站着,无双如果认出了你,一定会掀开车帘的,这样不就可以瞧见了?"仙客觉得有理,便照计而行。等到第三辆车子经过时,车帘果然被掀开了,仙客偷偷定睛一看,果然是无双,一时间酸甜苦辣百般滋味一起涌向心头。

第二天一早,塞鸿便如约前去取信,回来交与仙客。仙客手捧无双的亲笔信,信中言辞之悲切、哀怨与绝望,让仙客泪流满面,心痛异常。然而无双信尾的几句话又给了他一丝希望。她在信中说:"经常听皇帝的使臣说,富平县有一位曾做过武官的古将军,不但技艺出众,而且心地很好。现在你能去求助于他吗?"既然如此,仙客也就去府尹那儿辞了官职,回富平县上任去了。

仙客一回到富平县,就去乡下找古将军。第一次,仙客见了古将军说了些敬仰之类的话，便回去了。此后古将军需要什么东西，仙客均一一满足，什么丝绸、金银、珠宝之类的东西，也真送得不少。在这一年中，仙客没有提起一件请古将军帮忙的事。

仙客任期满后，在县里闲住。古将军突然来了，他对仙客说："我古洪是一介武夫，而且年事已高，没有什么能耐了。先生你尽心尽力对我好，我想你一定有什么难办之事想让老夫帮忙。我是一个知恩图报的人，因为你对我的深厚情意，我愿意报答你，万死不辞。"仙客听完，又触及回忆，不觉流下泪来，于是把实情告诉了他。古将军思考良久，感叹地说："这件事不太好办。不过，既是先生的事，我一定尽力去办，请先生耐心等待，不要期望一天半宿就能办成功。"仙客再拜说："只要在死前能见到她，我就很满足了，怎能再定下期限呢！"

这以后，半年过去了，一点儿消息都没有。

一天，一个人敲门送来了古将军的来信。信中说："去茅山的人回来了，你暂时到我这里来一趟。"仙客立即骑上快马如约飞奔而去。见了古将军，古将军没说一句话，仙客焦急地催问："茅山回来的人呢？"古将军说："杀掉了。先喝茶吧。"这天深夜，古将军问："你家中有丫鬟仆妇认得无双的吗？"仙客说："采苹认得。"仙客又迅即把采苹带来，古将军见了采苹，仔细打量了一番，高兴地对仙客说：

"借她在这儿住三五天,先生你先回去吧。"

没过几天,忽听外面传言,说是有大官杀了陵园的宫女,仙客心里很担心,便派塞鸿去打听,原来无双被杀死了。仙客还没听塞鸿回话,早已痛不欲生,哭得泪人似的,一会儿稍收住泪叹息道:"本来指望古将军能救她出来,如今她却死了,这该怎么办呢?"说完又哭将起来。也就在这天深夜,仙客突然听见急促的敲门声,打开门一看,原来是古将军,后面跟进来一抬滑竿,他指着滑竿上的人对仙客说:"这是无双,现在她已经死了。心口还有点温乎,后天就可以活过来,少灌点汤药,一定要好好静养。"仙客迫不及待地把无双抱进小套间里,自己单独守护她。天亮时,无双浑身有了暖乎气,看见仙客,哭了一声又昏死了过去,吓得他们慌忙抢救,一直到夜里,她才又苏醒过来。古将军对仙客说:"请让塞鸿与我一起到房后挖一个大坑。"坑刚刚挖到一定深度,古将军就拔刀砍下了塞鸿的脑袋,然后把他推进坑里。仙客见此情景非常害怕。古将军安慰仙客说:"先生不要害怕。今天可以完全报答你的恩情了。我曾听别人说茅山道士有药方,吃了他药的人立刻会死去,但三天之后可以复活。我派人专门求得一丸。昨天让采苹装成太监,假说无双是叛乱的同伙,奉皇帝之命让她吃了这丸药。待无双的尸体运到陵园,我又假托是她的亲戚而用一百匹丝绸赎下了她的尸体。凡是沿途经过的驿站,均做了打点,让他们不得走漏消息。去茅山求药的人和抬滑竿的人都被我杀死在郊外了。为先生，过会儿我也自杀。先生，门外有轿子和二百匹丝绸，我都为你准备好了，你不能再待在这里了，你明天一早就带着无双起身，改名换姓，各处游历避难去吧！"说完，手起刀落，仙客未及抢救，他便气绝身亡。于是，仙客将古将军的尸首一起埋了。第二天天还未亮，仙客就带着无双动身离开了，途经四川，出三峡，在湖北江陵一带侨居下来。

  这样过了一段时间，见京城方面没有什么坏消息传来，仙客于是带着无双回到了襄阳。夫妻之间相亲相爱，一直到去世。

痴情女崔莺莺真情反遭弃

唐德宗贞元年间，有一个姓张的书生。他不但性情温顺，而且容貌俊美、气度非凡，只要是不合乎礼节的事，无论有多诱人，他都不为之所动。有时朋友们一起游玩或欢宴，大家都喜欢闹闹嚷嚷的，唯恐自己落了后，而张生却不然，他表面上敷衍应酬，但始终不乱来，因此，都二十三岁的人了还不曾接近过女人。知道他的人问他为什么，他说："登徒子不是个好色的人，他是个有恶行的人；我才是真正的喜好美色的人，只是没碰上而已。我为什么要这么说呢，原因很简单：大凡那些有些姿色的美女没有一个不铭刻在我心中的，因此我才知道自己不是一个无情的人。"问他的人了解了他。

没过多久，张生到蒲州去游玩。离蒲州东面十多里的一个地方有一座普救寺，张生就在这里住了下来。这时正好有一个崔家的寡妇返回长安，途经蒲州，也住在这个庙里。崔老夫人是郑家的女儿，张生的姥姥也姓郑。说起辈分来，崔

夫人还是张生的姨母呢。

这一年,节度使死在了蒲州,监军的太监丁文雅与军队有矛盾,士兵们便乘主帅治丧之际发起骚乱,大肆抢劫蒲州人。崔氏的家庭财产很多,奴仆也多,寄住在庙里自然非常害怕。在这之前,张生与蒲州守将的部下有交情,便前去请朋友帮忙派兵来保护崔氏,这样崔家没有受到一点儿损失。十几天后,观察使杜确率兵前来蒲州平乱,士兵们才安稳下来。

崔老夫人为了感谢张生的帮助,特在家里大厅中摆下酒菜招待张生。席间,她对张生说:"我是一个寡妇,带着孩子,不幸遇上兵乱,实在无力保护自身。如今你就如同重新给了我儿女生命。这种好处非同一般。我今天让他们尊称你为'大哥',以报答你的恩德。"她儿子名叫欢郎,出来见过张生,他虽然才十来岁,但长得很是俊美。她女儿崔莺莺推说有病,不来相见。于是,崔夫人生气地说:"若不是张大哥救了你的命,你早就被抢走了,今天还用避什么嫌吗!"过了好一阵,崔莺莺才慢慢地走了出来。她身穿寻常的服装,没有装饰,但面容丰满,鬓发之下垂接着两弯眉毛。真个姿色艳异,光彩动人。张生见了,不由一惊,连忙起身施礼。她坐在崔夫人的旁边,因为是母亲相逼出来的,因此流露出一些哀怨的神色,身体也大有弱不禁风之感。张生问她年龄,崔夫人告诉他说:"今年十七岁了。"张生问了她几句话,她却一句话也没说,席散便回房去了。张生却从此着了迷,想表白自己对她的爱慕之情，然而又苦恼无机会诉说。

崔莺莺的丫鬟叫红娘。张生暗中送给她许多礼物，并找了个机会把他对崔莺莺的相思之情告诉了她。不想这下可真把红娘吓坏了，她红着脸一声不吭地跑开了。看到这样，张生很有些后悔。第二天，红娘来时，他便道了歉，并表示以后再也不说那些话了。红娘对张生说："你的话，我不敢传达，更不敢泄露给别人。然而，崔家的情况你不是不清楚，你何不凭借对她家有恩而求婚呢？"张生说："我从小就性情孤傲，即使有时与女孩子在一起，也从不留心去看。而今我却被崔姑娘迷住了。上次吃饭，我差点控制不住自己了。这几天来我茶饭不思，也许过不了多久就会死了。即使是请了媒人求亲、行订亲礼，还得要三四个月时间，那我就如同失水的鱼一样，早就被放到卖死鱼的市场上去了。远水不能解近渴，红娘，你说我该怎么办呢？"红娘说："崔姑娘洁身自好，即使是地位高的人也不能说些不礼貌的话来触犯她。下等人的办法那就不用说了，肯定是打动不了她的。然而，她喜欢吟诗作赋，思考终身之事也很久了。你可以写一首情诗去挑动她，不然可能就没戏了。"张生听完，很是高兴，匆匆写好两首情诗，交与红娘带去。

当晚，红娘带来一封信交与张生说："这是崔小姐吩咐送过来的。"张生匆忙拆开，只见信上写道："待月西厢下，迎风户半开。拂墙花影动，疑是玉人来。"题目是：《明月三五夜》。张生理解了信中含义。第二天，他便如约来到。红娘见后吓了一大跳，责问他说："你怎么闯到这儿来了？"张生便对她说是崔小姐信中说了让他来的，并请红娘去转告崔姑娘。不一会儿，红娘回来说："来了，马上就来了！"张生惊喜若狂，满以为大事已成。不想一会儿，崔姑娘穿戴整齐地来了，态度严肃地责备说："兄长救了我们全家，恩深情重。所以母亲把我姐弟介绍给你。不想你竟通过坏丫鬟送来淫秽的诗词。你保我全家免遭不幸是英雄义举，如今你趁火打劫，要挟人家，这种以暴换暴与乱兵又有什么区别呢？本想把你的淫诗压下就算了，但后来想这样做是保护了你的卑劣行为，这是不义的；想把你的诗词禀明我的母亲，则觉得有些对不起你的恩情，这也不好；后又打算让丫鬟转达我的意思，我怕她转达不了我的真正意思。因此写了一封短信把你叫来。你做出那不合乎礼节的举动，难道就问心无愧吗？但愿你以礼约束自己，不要乱来。"说完，转身回房去了。这张生原本满怀希望，这时听得傻了，好一会儿才醒悟过来，于是跳墙而归，心中很是绝望。

几天以后的一个夜晚，张生独自在窗下睡觉，忽然觉得有人叫他，他醒来后，只见红娘抱着被褥、枕头来到这儿，并推着张生说："醒醒，睡什么觉呀！"边说边把枕头并排放好，然后走了。张生揉揉眼睛，在床头坐了半天，还疑心在做梦，但也恭恭敬敬地等着。一会儿，红娘搀着崔姑娘来了，张生望着崔姑娘过来，只见她娇羞无力，原来那严肃的样子一点儿都没有了。这夜是十八，月光从窗外照到床前。张生飘飘然了，他还以为是神仙下凡来了。不知不觉，庙里的钟声响了，天快要亮了，红娘催促崔姑娘该回去了。崔姑娘这才哭泣着离开了，却自始至终没说一句话。等张生明白过来，不由从床上跳下来，但他仍疑心自己是在做梦。天亮以后，他仔细察看，只见自己的胳膊上脂粉斑斑，衣服上香气犹存，席子上还有明显的泪水的痕迹。

此后十多天都没有崔姑娘的消息，张生便于思念之中抒写《会真》诗，刚写了三十韵，红娘碰巧来了，于是张生请红娘把这诗转交给崔姑娘。当天晚上，崔姑娘又来与张生相会了。她晚上天黑后才来，早晨天不亮就走。他们仍一起住在张生那间西厢房里，差不多一个月了。因为想成亲结偶，张生常向崔姑娘打听崔母的意思。崔姑娘说："我也没有什么办法。"后来，张生要去长安，事先把此事告诉了崔姑娘，她没有阻拦他，只是流露出了哀怨的神色，令人爱怜。启程的头一天晚上，崔姑娘没来。第二天一早，张生就西去长安了。

几个月之后，张生再次回到蒲州，夜夜与崔姑娘厮守在一起。崔姑娘写得一手好字，写文章也很内行。张生多次请她写，始终没见她写过一字。张生平时写好了文章，总要拿去逗弄她，她也不怎么去看。崔姑娘胜过一般人之处，大概正在于她很有才能却无法从外表上看出，很会说话却很少与人言谈。她对张生可谓情真意切，可就是从不写诗词与他唱和。她对当时那些哀婉、妖艳、深沉的词句，好像从不知道，喜怒之情也很少形之于外。有一个夜晚，她独自弹琴，其声曲婉哀绝，使在外偷听的张生深受感动，于是请求她再弹一曲。然而，不管他怎么请求，崔姑娘就是不答应。这不由使张生更加入迷。

这样一过就是好几个月。后来张生因要赶考，于是又该告别崔姑娘只身西去了。临行的头天晚上，张生也不说要离开她西去赶考，只在她身边不停地长吁短叹。崔姑娘已感觉到了张生要与她分开的意思，于是委婉地对张生说："开始时乱来，最后又抛弃，这是理所当然的事，我不敢怨恨你。开始乱来的是你，最后结束的也是你，这是你给予的恩惠。那终身相守的诺言，总有一天会实现的，你又何必为这次离别而感到痛苦呢？即使你是如此不快，我也没有什么好安慰你的。你不是常说我会弹琴吗？以前害羞，没有答应过你，明天你就要走了，我可以满足你这一愿望。"说完取过琴来，弹起了《霓裳羽衣曲》的序曲，琴声起处，哀痛迸发，崔姑娘不一会儿便忘了自己正在弹琴。眼前的人都泪流满面，呜咽如诉。崔姑娘再也弹不下去了，放下琴来，流着眼泪跑回母亲那儿去了，再也没有出来。第二天清早，张生就离开蒲州前往长安去了。

第二年，张生名落孙山之后，就在长安居住了下来。后来他给崔姑娘写了一封信，劝她放宽心怀。崔姑娘也回了他一封信。她在信中说："捧阅来函，深感安慰。男女私情，悲喜交加，你又送我一盒绒花、一盒口红，作为我头上增光、唇上滋润的装饰品，虽然非常感激你，但我为谁去打扮呢？看见这些东西，更是增添了思念之情。听说你在京城读书，用功自然应在安静的地方。只恨的是我这个丑陋的粗人，将永远被抛弃了。命运既已如此，知道了又能怎么样呢？我也没有什么好说的。自从去年秋天以来，我日夜发呆，总觉得自己好像丢了什么东西似的，在人多的场合，或许还能说笑几句，但独自一人的时候，我常泪流不止。甚至做梦时，也多半因为离愁别恨而抽泣。相亲相爱的情景还像从前那样在梦中出现，然而，往往好梦未完，便被吓醒了。被窝里暖暖的，但却留不住那飘远的思绪。自从第二次分别，至今已一年多了。长安是个吃喝玩乐的地方，你触景生情，依旧记挂着我这个不值一提的人，这并不是我的幸运，你的这点心意我也没什么报答的。过去那生死同心的诺言一直未曾改变。从前因为我是你的中表之亲，所以就在一起吃饭，后在丫鬟的诱使之下，向你表达了衷情。你曾像司马相如弹琴挑逗卓文君那样来挑逗我，而我却没有像被谢鲲挑逗的织布女用梭子打谢鲲那样来拒绝你。待到我们住在一起时，情意何等深长，我的一片痴情总算找到了归宿。但谁曾

想到，虽然爱上了你，却不能与你订下婚约，而我又偏偏蒙上了自己主动上门的羞耻，不再能明白确定婚事。对此，我将终生遗恨，叹息又算什么呢！假如仁义之人能理解我内心的苦衷，我就是死了也甘心了；如果达观的人把一切都看得很随便，不拘小节，只重大节，以先前自己的匹配为可耻，以为被逼说出的誓言可以不遵守，那么我就是骨化形销，只剩下一点诚心不灭，化作风，化作露水，变成尘土，也要跟随着你。生死的真话全都说出来了。面对信笺，流泪有声，但心情却无法表达，只请你多多珍重自己。这一只玉环是我小时候玩过的，寄给你佩带腰上吧。玉表示坚韧不变，环表示始终不绝。另外，还有头发一缕、斑竹做的茶碾子一个，这几样东西并不珍贵，但意思是想要你像玉一样坚贞，我们的心像环一样永不分离。竹子上的斑点是泪痕，愁结一如乱发萦绕。用这些东西表示我的心情，愿我俩永远相爱不变心。尽管你我相距遥远，但我们的心是近的。真不知道什么时候我们才能相见，幽怨之情萦积于心，你我千里相隔却心心相印。春天来了最容易得病，你要注意保重身体；平时要多吃饭，不要总记挂着我。"

张生把这封信给他的朋友们看过，所以，当时许多人都知道了这件事。张生的好朋友杨巨源喜欢作诗，于是有感而发，作了《崔娘》一诗，诗中写道：

清润潘郎玉不如,

中庭蕙草雪消初。

风流才子多春思,

肠断崔娘一纸书。

河南的元稹续完了张生的《会真》诗后三十韵,诗中写道:

微月透帘栊,莹光度碧空。

遥天初缥缈,低树渐葱茏。

龙吹过庭竹,鸾歌拂井桐。

罗绡垂薄雾,环佩响轻风。

绛节随金母,云心捧玉童。

更深人悄悄,晨会雨蒙蒙。

珠莹光文履,花明隐绣栊。

瑶钗行彩凤,罗帔掩丹虹。

言自瑶华蒲,将朝碧玉宫。

因游洛城北,偶向宋家东。

戏调初微拒,柔情已暗通。

低鬟蝉影动,回步玉尘蒙。

转面流花雪,登床抱绮丛。

鸳鸯交颈舞,翡翠合欢笼。

眉黛羞频聚，唇朱暖更融。

气清兰蕊馥，肤润玉肌丰。

无力慵移腕，多娇爱敛躬。

汗流珠点点，发乱绿松松。

方喜千年会，俄闻五夜穷。

留连时有限，缱绻意难终。

慢脸含愁态，芳词誓素衷。

赠环明运合，留结表心同。

啼粉流清镜，残灯远暗虫。

华光犹冉冉，旭日渐瞳瞳。

乘鹜还归洛，吹箫亦上嵩。

衣香犹染麝，枕腻尚残红。

幂幂临塘草，飘飘思渚蓬。

素琴鸣怨鹤，清汉望归鸿。

海阔诚难度，天高不易冲。

行云无处所，萧史在楼中。

张生的朋友听到张生同崔姑娘的事，没有不感到诧异的，可是张生却决心要与崔姑娘断绝关系。

元稹与张生是好朋友。一天，他问张生为什么要与崔姑娘断绝关系。张生说："大概上天给美女子安排的命运不是祸害自己，就是祸害别人。假如崔家姑娘遇着一个富贵之人,乘宠耍娇,不变云作雨,就成蛟成螭,我不知道她的种种变化了。从前殷朝的纣王受辛,周朝的幽王,据有百万人口的国家,他们的势力多么强大,然而一个女人就使他们垮了,不但使他们的部下溃散了,而且连他们的脑袋也搬了家,一直到今天还被人们所耻笑呢。我张生的德行不足以战胜妖魔,所以只有采取这种绝情的方法来处理。"当时在座的人听了张生这一席话,都深为他的话而叹服。

他们断绝关系一年之后,崔姑娘嫁了人,张生也另娶了一个妻子。这天,张生碰巧经过崔莺莺家。张生通过她丈夫告诉她,想以表哥的名义去见见她,她没有答应他的这一请求。张生则是真心实意地怀念着她。当她知道张生遭到拒绝之后那悲伤的样子后,便偷偷地写了一首诗,诗中写道:

自从消瘦减容光,万转千回懒下床。
不为旁人羞不起,为郎憔悴却羞郎。

过后几天,张生要走了,她又写了一首诗,诗中说:

弃置今何道,当时且自亲。
还将旧时意,怜取眼前人。

从这以后,再也没有了他们的消息。

此门中人面桃花相映红

博陵人崔护,天资聪明,秉性善良,但由于他生性孤僻、高傲,没有人与他合得来。这一年他去京城赶考,结果名落孙山。

清明节这天,崔护独自一人在京城的南郊游玩。忽然,他看见一个院落,从门缝向里看,院中繁花似锦,草木葱茏;但整个院落里却静悄悄的,仿佛没人住似的。在好奇心的驱使下,他便上前敲了几下门,过了好一会儿才见一个姑娘从门缝里向外偷偷地张望,她小心地问崔护说:"请问你是谁呀?"崔生听到有人问他,便赶紧报了姓名,并说:"我独自一人出城游春,因酒后口渴,想向你家讨杯水喝。"姑娘听后,便走进屋去,用杯盛了水来,打开大门,摆下坐凳,请崔生坐下喝水。这崔生坐在那儿慢慢地喝水,而那姑娘却独自靠在一棵小桃树的斜枝上,站在那里陪着他。这姑娘长得很是妩媚风流,崔生越看越是喜爱,他有意用话去挑逗她，她却不肯答话。如此两个人长时间的你看着我，我看着你，就是不说一句话。

　　崔生喝完水，谢过姑娘便走出大门去了。姑娘脸上流露出无限留恋的神色，慢慢地转回门里去了。这崔生也是恋恋不舍一步一回头地走远了。从这以后，崔生一年时间都没再来过。

　　第二年清明节这天，崔生忽然想起去年今天的那件事，心中不由开始思念起那位美丽的姑娘来。此情一旦触发，也就再难按捺得住，于是，他不顾一切地去寻找他神思已久的那位姑娘去了。待他好容易赶到那里，门庭院落依旧，但大门落锁，主人不知到哪里去了。崔生很是失望，离开之前，他在大门上题了一首诗，诗中写道：

　　　　去年今日此门中，人面桃花相映红。
　　　　人面不知何处去，桃花依旧笑春风。

　　清明时节过后没几天，崔生偶然来到南郊，不知不觉又走到了那个院落门前。忽然，他听见屋里传出哭泣之声，于是上前敲门询问何故。一会儿，一位老大爷开门出来，对崔护说："你就是崔护吧？"崔生说："正是。"老汉听完便哭着说："是你害死了我的女儿！"崔生一听非常吃惊和恐慌，一时间竟不知如何回答才好。老汉又说："我的女儿刚刚成

年，知书达礼，还未嫁人。自去年你来过之后，她便时常神志不清，好像失落了什么东西似的。近日我带她外出，回来时，她看见了你题在门上的诗，进门以后便病倒了。她躺在床上一连几天不吃不喝，没过多久，便死去了。我已年老，膝下只有这个女儿，所以没有急着让她出嫁，为的是能找个品貌双全的女婿，我也好有个依靠。可如今，我女儿却死了，你说这难道不是你害死的吗？"老汉说完，拉着崔生又大哭不止。崔生听老汉这么一说，心情也十分沉痛。他擦干眼泪请求老汉让他进去吊唁，老汉同意了。

崔生进屋后，见姑娘躺在床上，如同活着的时候一样端庄秀美，更是悲伤。吊唁之时，他把自己的头枕在姑娘的腿上，一边哭泣，一边祷告，口里不住地说："我在这里，我在这里！"不一会儿，姑娘竟然睁开了美丽的大眼睛，又过了半天，她居然活了过来。老汉一看，非常惊喜。

后来，老汉把女儿嫁给了崔生。一对有情人终于聚在了一起，过起了相亲相爱的幸福生活。

题红叶十年后成鸾凤友

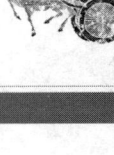

情恋故事

唐僖宗时，有一位名叫于佑的书生。读书之余，他喜欢独自一人去散步。这年秋季的一个傍晚，他信步来到了紫禁城外的御沟边。看夕阳西下，听秋风萧瑟，一种游子客居他乡的漂泊之感油然生起。御沟之中，流水潺潺，落叶纷纷飘零而下，煞是优美。看着看着，于佑突然发现流过一片比刚才的略为宽大的叶子，远远看去，似乎还有黑色的字迹在上面。好奇的于佑便想办法把这片叶子弄了上来，一看上面竟是一首诗：

　　流水何太急，深宫尽日闲。
　　殷勤谢红叶，好去到人间。

于佑读罢此诗，觉得不但诗句优美，其意境也很清新，于是很珍惜它，小心翼翼地将这枚红叶藏于自己的小书箱里，成天吟咏品味。令他不明白的是，此诗为何人所写，又为什么要题在红叶之上呢？后来想想，御沟里的水乃皇宫中流出来的，此诗肯定是宫中的美人所作。于是他更把这首红叶诗视为珍宝，后来发展到常常睹叶相思至如醉如痴的地步。一天，一位朋友来看望他，见他一副精神不振的样子，很是担心地问他："几月不见，于兄怎么瘦成这般模样？也许有什么为难之事，能告诉我吗？"

于佑便把红叶题诗一事告诉了他，并倾诉了自己的相思之苦。朋友听罢不禁失笑道："于兄怎么这样迂腐！那位题红叶诗的人一定不认识你，怎么会有意于你呢？你不过是偶然拾到而已，没想到竟痴情到这般光景！你哪怕日日夜夜不停地思念，那题诗人依然在帝苑深宫之中，纵然长有双翅，想你也不敢前去呀。于佑兄，你的迂腐实在令人感到好笑啊！"

于佑则不以为然，他说："上天虽高高在上，却能俯察人间的一切。人只要有坚定的信念，上天也必定会顺从人的心愿。我曾听说过王仙客相遇无双的故事，他们在古生的帮助下，不也得以相聚并白头偕老了吗？人最怕的是自己没有坚定的信念，事情成功与否，还不是一下就能料定的。"

于佑痴情难改，思念不断，后来他也取来一片红叶，题了两句诗在上面：

曾闻叶上题红怨，叶上题诗寄阿谁？

写完之后，他把红叶放入御沟上流的水里，希望红叶能顺水流进宫里。

这件事传出去之后，嘲笑者有之，称赞者也有之。有人甚至还写了两句诗赠予他，诗中说："君恩不禁东流水，流出宫情是此沟。"

于佑后来多次参加科举考试，均名落孙山。这样一来，他更加厌倦了这种羁旅生涯，便再也无意于功名，遂进得河中府韩泳门下，做点文字工作，以维持生计。这样过了一段时间。一天，韩泳让于佑入府，对他说："皇宫里有三十多位宫女因犯有过失而被逐出。其中有一位韩夫人，久居深宫，现在已出了宫廷，住在我家里。想你已过壮年，至今尚未婚娶，令我很是同情。这位韩夫人本也是个好人家的女儿，今年才三十岁，姿容艳美，且有千缗积蓄。由我帮你去说，让她嫁与你，怎样？"

于佑一生清苦，今日遇此幸事，不由急忙拜倒在地："我于佑不过是一名穷书生，寄食于大人门下，衣食无忧，又受赐极多。只恨自己无所成就，以报大人之恩，心中一直非常惭愧，如此我还不知怎样才能报答，怎么还敢有别的奢望呢？"

韩泳见他没有异议，次日令人为媒，并资助他们举办了婚礼。新婚之夜，于佑自是欢喜无比。

第二天，于佑发现韩氏不但娇艳妩媚，而且积蓄颇多，这等好事原是他想都不敢想的，而今就在眼前，心中不免飘然得意。

此后夫妻恩爱，日子过得也甚是甜蜜。一日，韩夫人在于佑的书籍中见到了那枚题有四句诗的红叶，甚为吃惊。她问于佑道："这是我在宫中写的诗句，你是怎么得到的呢？"于佑于是把实情详细地告诉了她。韩氏想起自己也曾于水中得到一枚题有诗句的红叶，拿出来一看，正是于佑所写的那联诗句。两人相对惊叹，默默泪流。于佑说："今日的事情看来是前世注定了的！"

韩氏说："我得到红叶以后，又写了一首诗，至今还放在箱内。"说完取出来看，只见上面写道：

独步天沟岸，临流得叶时。
此情谁会得，肠断一联诗。

这件事传出去以后，人们几乎不敢相信它是真的。

这日，韩泳设宴招待于佑夫妇。韩泳半开玩笑地说："你们俩今天应该好好感谢我这位大媒人才是，对不对？"

韩氏笑着回答说："我们俩今天之良缘，不是媒人的功劳，而是上天相助的结果。"

韩泳很奇怪："这怎么说？"

韩氏请他摆上笔墨，挥毫题诗一首：

> 一联佳句题流水，十载幽思满素怀。
> 今日却成鸾凤友，方知红叶是良媒！

写完之后，遂把红叶题诗之事又详细地告诉了韩泳。韩泳听完十分感慨地说："直到今天我才知道天下之事并没有偶然的。"

唐僖宗广明元年，黄巢起义军攻下洛阳和京都长安，僖宗来到蜀中避难。韩泳令于佑率领家童百人在前面开路。后来韩氏找到原来熟悉的宫女，又见到了皇帝，并把自己嫁与于佑的事原原本本说了一遍。僖宗说："我已早有所闻了。"后来僖宗召见了于佑，开玩笑地对他说："原来你是我门下的旧客啊！"

光启三年，僖宗还驾长安。于佑因护驾有功，被封为神策军的虞侯。后来，韩氏生下五男三女，儿女都很有出息。韩氏因治家有方而被朝廷封为"命妇"。当时谏议大夫张浚曾赋诗称颂此事，诗中说：

> 长安百万户，御水日东注。
> 水上有红叶，子独得佳句。

子复题脱叶，流入宫中去。
深宫千万人，叶归韩氏处。
出宫三十人，韩氏籍中数。
回首谢君恩，泪洒胭脂雨。
寓居贵人家，方与子相遇。
通媒六礼具，百岁为夫妇。
儿女满眼前，青紫盈门户。
兹事自古无，可以传千古。

姿色美花蕊夫人两为妃

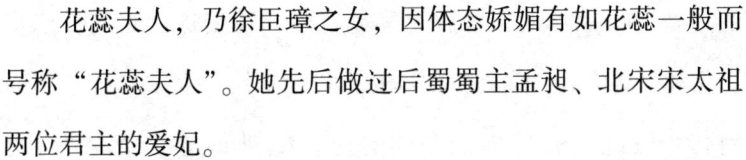

花蕊夫人,乃徐臣璋之女,因体态娇媚有如花蕊一般而号称"花蕊夫人"。她先后做过后蜀蜀主孟昶、北宋宋太祖两位君主的爱妃。

后唐末年,蜀帝孟知祥病死,儿子孟昶继位。孟昶自幼游手好闲,荒淫无度,继位后更是远贤人亲小人,好听庸臣之计,通好北汉,准备夹攻汴京之宋国。宋太祖借机攻蜀,于是攻剑门,战东川,一时间军威大振,直抵成都。而此时,蜀主孟昶正在与花蕊夫人饮酒作乐,突然听到兵败的消息,吓得不知所措,后在宰相李昊建议之下修表降宋。

宋太祖久慕花蕊夫人之名,如今接到蜀主降表,心中自是欢喜,沉吟良久,便传蜀主孟昶率全家速来汴京受职。亡国之君哪敢怠慢,即刻带了族眷家族,直奔汴京,听候发落。

到得汴京,宋太祖厚礼召见,封孟昶为检校太师兼中书令，授爵秦国公，凡子弟妻妾、官属均有恩赐，并在崇之殿赐宴迎接。

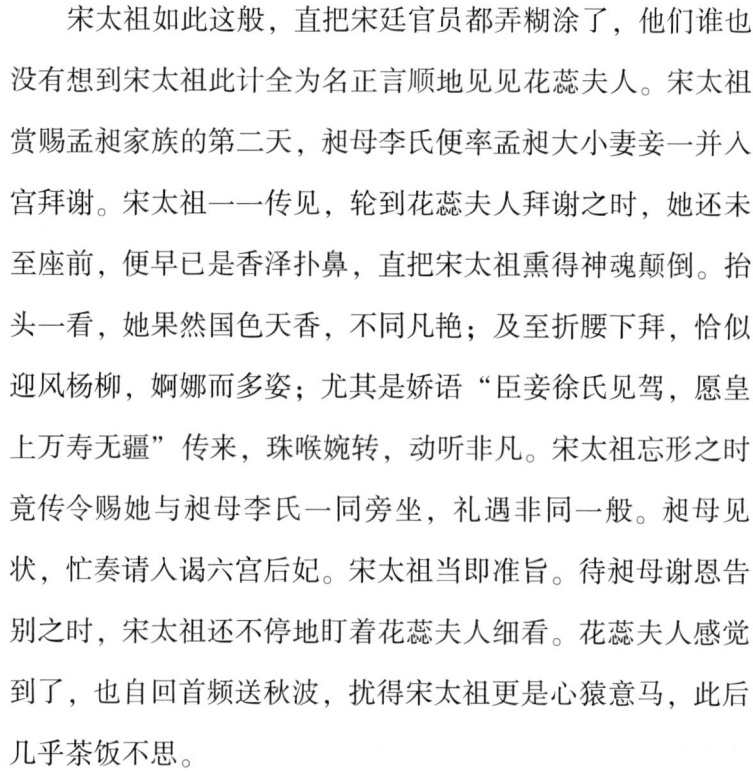

宋太祖如此这般，直把宋廷官员都弄糊涂了，他们谁也没有想到宋太祖此计全为名正言顺地见见花蕊夫人。宋太祖赏赐孟昶家族的第二天，昶母李氏便率孟昶大小妻妾一并入宫拜谢。宋太祖一一传见，轮到花蕊夫人拜谢之时，她还未至座前，便早已是香泽扑鼻，直把宋太祖熏得神魂颠倒。抬头一看，她果然国色天香，不同凡艳；及至折腰下拜，恰似迎风杨柳，婀娜而多姿；尤其是娇语"臣妾徐氏见驾，愿皇上万寿无疆"传来，珠喉婉转，动听非凡。宋太祖忘形之时竟传令赐她与昶母李氏一同旁坐，礼遇非同一般。昶母见状，忙奏请入谒六宫后妃。宋太祖当即准旨。待昶母谢恩告别之时，宋太祖还不停地盯着花蕊夫人细看。花蕊夫人感觉到了，也自回首频送秋波，扰得宋太祖更是心猿意马，此后几乎茶饭不思。

自见过花蕊夫人之后，宋太祖怎么也忘记不了，想想自己是一国之君，自继后王氏崩逝之后，六宫妃嫔也不过是平常姿色，如今正值择后之际，又遇如此倾国倾城的美人，如果放过，岂不可惜。他思虑再三，决定先害死孟昶，再将花蕊夫人据为己有。

这天夜晚，宋太祖设宴招待孟昶，孟昶本是酒色之徒，见酒亡命，饮至深夜才告辞回府。第二天，孟昶即患病，医治无效，没过几天便命归黄泉。宋太祖罢朝五日，素服发哀、厚葬孟昶，并追封他为楚王。孟昶的母亲乃唐庄宗嫔御，心里明白这是怎么回事。因此，她也不哭泣，后绝食而死。宋太祖又将她同孟昶同葬洛阳。

丧事已完，孟昶家族大小仍回汴京，此后又少不得进宫拜谢皇恩。与上次一样，宋太祖又一一接见，表面上说了些哀悼和抚慰的话了事。待见了花蕊夫人，只见她满身缟素，却显得更加丰神楚楚，娇柔如水，于是当即留她住在宫内，给他侍宴。花蕊夫人身难由己，也就唯命是从。三杯酒过后，花蕊夫人脸泛红晕，益发显得妩媚可爱。宋太祖再也忍不住，索性拥她入帐。第二天，宋太祖便册立花蕊夫人为妃，待她似宝贝一般，每在闲暇时便来与花蕊夫人调情作乐。这花蕊夫人也真是一个尤物，她不但工颦解媚，而且善绘能诗。宋太祖曾出《咏蜀》一题请她作诗，她当即挥笔写下七绝数首，其中"十四万人齐解甲，也无一个是男儿"很为凄美，在当时广为传诵。如此才貌双合，自然更得宋太祖宠爱。后来宋太祖想立花蕊夫人为皇后，因遭到了辅国宰相赵普的强烈反对才作罢。"亡国宠妃，不足为天下母"，宋太祖无奈，只好另选了左卫上将军之女宋氏为后。那时，宋氏才十七岁，而宋太祖已四十二岁了，老夫少妻，自然有一番恩爱；更何况宋氏又十分柔顺贤惠，体贴入微。此后，宋太祖把精力逐渐转移到宋后身上去了。

宫廷冷清,自己孤零无依,花蕊夫人此时便难止自己对孟昶的追忆了。想当初夫妻恩爱,光景何等美好。为了更好地缅怀夫君孟昶,她亲手绘制了孟昶的画像,早晚供奉。当宋太祖问起,就骗他说是在供奉张仙,对之祷告,可以早生贵子。后六宫嫔女听说求张仙可以生男抱女,于是纷纷仿效。

每当夜深人静,花蕊夫人总会坐在前夫遗像面前,回想自己的身世与命运,夜夜悲凄,后积郁成疾,抱怨离开了人世。

投清池君宝夫妇存节义

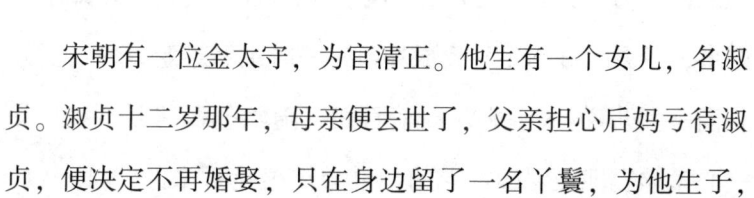

宋朝有一位金太守,为官清正。他生有一个女儿,名淑贞。淑贞十二岁那年,母亲便去世了,父亲担心后妈亏待淑贞,便决定不再婚娶,只在身边留了一名丫鬟,为他生子,传宗接代。

金淑贞自幼聪颖,好读诗书。十六岁时,长得如花似玉。她每读《列女传》都不免赞叹一番,常说:"作为女人,都应如此,只有这样才能顶天立地。"她长于吟诗作赋,有如苏老泉女儿苏小妹一般。金太守很是宠爱娇女,他决定把女儿嫁给一个才貌双全的丈夫。他听说西门徐员外十七岁的儿子徐君宝很有才华,经过一番打听考察之后,金太守便请了媒婆前去徐员外家议亲。这徐员外是个土财主,怎敢与官宦人家结亲?徐员外说:"我一个经纪人家,自然不敢与官宦人家结亲,并且金老爷就这么一位千金,岂无门当户对的人家?虽承蒙金老爷错爱,却实不敢当。"媒婆说:"这是金老爷自己的主意，他只爱文才，不论门第，你可别再做推辞！"徐员外环视一周，见老婆不在，便低声地对媒婆说："我老婆太不贤惠，生性偏执，脾气又大，整天骂大骂小。小姐乃金老爷掌中明珠，若嫁到我家，婆媳恐难相处。像这样的好事对于别人求之不得，我怎么敢推辞呢？只因这关系千金小姐的终身大事，马虎不得，请禀明金老爷，另选高门为好。"金太守知道之后，也是左右为难。他一方面深爱君宝之才，另一方面却担心真如徐员外所说，女儿嫁才郎本是好事，若弄个婆媳不和反成坏事，一时主意难定，便与女儿相商。女儿说："一善足以消百恶，随她怎么絮聒，我只是一心孝顺，即便泥塑木雕的，也会被感化过来的。"既然如此，金太守便别无他虑，与徐家择了吉日，成亲结对，一时间鼓乐喧天，花烛荧煌，好不热闹。

　　徐君宝与金淑贞成亲之后，夫妻俩日日吟诗作赋，你唱我和，小日子过得很是和美温馨。不想没过一月，婆婆便旧性发作，说儿子恋新婚，贪妻爱色，整天说个没完没了。好在徐员外十分爱护，劝婆子说："她一个千金小姐，与我们小户人家骨头贵贱不同。别人兀自求之不得，我们却不求而得，这是我们徐家的荣幸。金太守不论门第，肯把爱女嫁到我们家做媳妇，乃贫人交富贵，就是烧纸也烧不来这种美事。你没听说过，《牡丹亭》里面的杜丽娘是杜知府的女儿，阴府判官还敬她三分，称她为千金小姐，何况你我平常之人。我们应该格外敬重她才是，怎么还能絮聒轻贱她呢？一旦金太守知道了，肯定会说我们不懂事体，不看重他的女儿。"就算这样苦苦劝她，不想这婆子却仿佛得了胎里病一般，怎么也改不了。此后仍少不了三言两语，四下寻气，吃鱼带刺地说媳妇几句。徐员外拦不住她的嘴，也是无可奈何。好在淑贞了解婆婆的性格，决心小心恭敬，孝顺婆婆。婆婆见了，日日开口不得，竟渐渐地被媳妇感化了许多。

一年之后，徐员外去世了；婆婆悲伤过度，也一病不起，气绝身亡。徐君宝、金淑贞料理丧事，自是痛苦不堪。

谁想一波未息，一波又起。却说度宗登位，奸臣当朝，恣意横行，元将史天泽率兵围攻襄阳和樊城，其势难挡。岳州与襄樊相隔不远，徐君宝很是担心。淑贞说："生则同生，死则同死。乐昌公主的那种事情，我断然不会去做。如日后有难，我只有一死谢你，绝不做失节之妇。"君宝说："死则一处同死，你若能为尽节之妇，我岂肯为负义之夫？如你死而我活，九泉之下有何面目相见？我已决定与你共生死。"说完，夫妻双双哭泣，立下誓愿，至死不变。也真个是：

平章日日爱游湖，一任襄樊有若无！
可惜闺中年少侣，终朝誓死但嗟吁。

后来，元兵破了襄阳，乘胜取下郢州、鄂州、蕲州、岳州等地。百姓纷纷逃难出城，徐君宝夫妇被淹没在人流之中。尽管如此，后面元兵仍追杀不止，血流成河。乱军之中，淑贞回头不见了丈夫，心下慌张到了极点，四处找寻。忽然又有一支元兵冲来，金淑贞急忙奔跑，但哪里逃得了，当下被元兵捉住，押到唆都元帅帐下。唆都元帅乃杀人不眨眼的刽子手，一城拿下，便鸡犬不留，因见金淑贞生得格外漂亮，便有了爱惜之意，于是叫管家婆监守。金淑贞知道自己是必死无疑了，但不知丈夫死活，心想如果丈夫还活着，还想见他一面，因此，她决定先苟延残喘。如果元帅逼迫，她便自杀，以报丈夫于地下。金淑贞主意已定，因此唆都元帅多次亲近，她就是不从。这唆都虽然杀人特狠，但在风月之事上比较在行。他见淑贞誓死不从，也不着急逼她，只是吩咐管家婆好言劝解，让她顺从，也只有她心里愿意，那才有意思。

　　唆都元帅带上金淑贞，从岳州一路上而来，路上几次要与淑贞行夫妇之事，金淑贞只是一味花言巧语地诳他说："我本是民间愚妇，如果能做元帅的姬妾，岂不是天大的荣幸！但我与丈夫很是恩爱，他如今正在乱军之中，不知是死是活。如果他还在，而我做了元帅的姬妾，岂不是忘恩负义之人？忘恩负义的，元帅肯定是不会娶的，是吧？再等三五个月，如果我丈夫真的已死在了乱军之中，那么我的顾虑就没有了。此身无归，便可以服侍元帅了。"唆都元帅听了，觉得很有道理，便再也不来逼她。金淑贞日夜衣不解带。

没多久便到了杭州，这一路上逢州破州，逢县取县，杀得一片血腥。杭州不日又破，唆都元帅俘了少帝，屯兵于韩世忠旧宅之中。金淑贞在想："昔日韩蕲王是宋室忠臣，他夫人是个妓女，却能立志报国。我若失节，哪里还有脸在地下与她相见？"这天，唆都偶然捉到一个从岳州逃难至此的人，审问知他是徐君宝的邻人曹天用，于是吩咐曹天用说："你如果听我的话，我便重重赏你；如果不听，便立即砍了你的头。"曹天用连声答应。唆都又说："你不要说是我的主意，你只管说前天你在乱军之中，亲眼看见徐君宝被乱军杀死了。"曹天用领悟之后，唆都只装作不知，暗暗派人将抓到曹天用的消息传入淑贞耳里。淑贞正想知道丈夫消息，得知曹天用在此，便偷偷地向他打听丈夫的消息，曹天用便照唆都之言说与她听。金淑贞是个聪明之人，心里早已猜透了八九分，便假装痛哭起来。当她知道唆都在张罗成亲之事时，愈发知道此事是假的；眼见唆都渐渐逼将而来，恐受其辱，又假意说："待我祭过先夫之后，我们再成亲也不迟。"唆都相信了她。金淑贞暗想："我死于韩蕲王宅，韩夫人有灵，将把我当作知己，比死在他处强多了，免得没有一个相知。"于是烧香跪拜，暗暗祷告，痛哭不已。之后毅然拭泪提笔，在墙上题《满庭芳》词一首：

汉上繁华，江南人物，尚遗宣政风流。绿窗朱户，十里烂银钩。一旦戈齐举，旌旗拥、百万貔貅。长驱入，歌楼舞榭，风卷落花愁。

伤二百载，典章文物，扫地都休！幸此身未北，犹客南州。破鉴徐郎何在？空惆怅、相见无由！从今后，断魂千里，夜夜岳阳楼！

金淑贞题完词后，悄悄地来到水池边，投水而死。唆都知道后，暗自叹息，随后拔寨而起，也离开了王宅。元兵去后，有人见了淑贞尸首，就打捞上来，见她衣服层层，缝得牢固，众人慕其节义，便用棺木盛殓。

却说徐君宝被元兵追赶，险些难以幸免；后来他躲在死人堆里过了一夜，才保住性命，身上背的包裹还被撞着的一队残兵抢走了。徐君宝一个书生，如今身无分文，如此之苦哪里吃得。为早日寻到妻子，他也顾不了那么多了，便沿途乞讨。后听人说他妻子被唆都元帅抢到杭州去了，徐君宝两泪交流，暗想：不知妻子是否信守誓言？也不知能否再见她一面？他一路乞食，好容易才赶到杭州，夜里睡在一座古庙时，想起国破家亡，心中甚感凄楚，不知不觉睡了过去。忽然，他看见妻子走过来对他说："我义不受辱，死于韩世忠住宅的水池之中，现与韩夫人结为了知己，你可来一看。"徐君宝大哭而醒。挨到天明，他便一步一跌地走到了韩蕲王府。看见妻子棺木，她早已玉碎珠沉，他便抚棺恸哭，简直是死去活来。想到妻子已经践约，自己活在这个世界上还有什么意思呢？生则同生，死则同死，也不枉夫妻一场。于是徐君宝也跳入池中，水淹而死。众人把徐君宝夫妇的尸首同葬于西湖边。

话说淑贞之父金太守，在岳州城破之日便死于乱军之中。他身边那个怀孕丫鬟逃了出来，也到了杭州，听说了君宝、淑贞的事后，便探明了他们的下葬地方。后来她生了一个儿子，接续金家香火，年年祭扫徐君宝夫妻坟墓。那坟上生出了连理木，当时的人们认为是这对节义夫妇的象征。于是，有人写诗赞叹说：

鹊桥初度月团圆，占断春光是合欢。
明镜圆灵宜并照，夭桃妩媚喜双蟠。
琴调瑟协情无尽，凤别鸾分志不刊。
竟入清池偕伉俪，后先践约古来难。

竞棋艺小道人两局定姻缘

宋朝时,蔡州大吕村有个村童,姓周,名国能,自幼酷爱下棋。父母送他到村里学堂读书,只要有空他就与同伴画个盘儿,拾一些两色砖瓦块做棋子赌输赢。放学后,见村中老人下棋,他便站在旁边认真观看。有时看到关键处,不觉手心痒痒,嘴里不由自主地叫别人怎么走,竟大多是别人想不到的妙招。从这以后,他的棋艺越来越高,成了村中有名的棋手,先前能让国能几子者,后来多是被国能让子,才能与他下个平手。村里所有棋手都与他比,无一能胜。这年,他才十五六岁,棋名已在乡里传开了。

乡里人见国能小小年纪却棋艺高超,都在传言说:"国能是在田畔拾枣时,遇到两个道士打扮的人在草地上对坐,安详下棋,于是他在旁边蹲着观看。道士开玩笑说:'这孩子也喜爱下棋,可教他以人间常势。'于是就在枰上指点他攻守、杀夺、救应、防拒之法。也是和他有缘,且他在这方面有天赋，说出来他就懂，一一领会且不忘。道士便说：'自此以后你可无敌于天下了！'然后笑着告别而去。此后，这孩子果然棋艺出众。因此，他所遇到的那两个人一定是仙人，传给了他绝招。"有的说："是这孩子天资聪明，天生喜欢下棋，又整天心恋着棋。所以日有长进，学得了其中的奥妙，却又编出什么神鬼来骗人。"但不管怎么说，国能的棋艺高绝都是真的。

因为国能年幼出名，自然罕见，因此有许多官员、士大夫、王孙、公子与他来往。又有一些不服气的有钱人与他赌棋，常常十两五两银子的输给他。国能渐渐手头宽裕，礼仪熟娴，性格高傲，变成了一个斯文人模样。父母见他长大了，要为他找一个媳妇儿。国能心气很高，他说："我们家门户低微，眼下娶妻也不过农家之女，一身村妇打扮肯定配不上我。我既有下棋这绝艺，就应该走南闯北，且不必带什么盘缠，说不定就会在哪里找到一个对我好的人的女儿为妻子，这才了我平生愿望。"

父母听他口气不小，便没再去张罗。过了没几天，只见国能换了一身衣服，来向父母告别，说要出游江湖。父母险些认不出他来了，只见他头戴包巾，脚蹬方履。身上穿浅底深缘的蓝服，腰间系一坠两股的黄绅。若非葛稚川侍炼药的丹童，便是董双成同思凡的道侣。

这国能葛巾野服，扮了个道童模样。父母大吃一惊，问他："你这样打扮，想干什么？"国能笑着说："我想从此云游四方，遍寻一个好妻子，来成亲结姻。"父母说："这是你的志愿，我们也难拦你。只是找到了就回，别贪图别处欢乐而忘了故乡！"国能说："这个自然。"这天正好是黄道吉日，国能拜别了父母，即刻出发，从此以后又自称"小道人"。

他知道汴梁是帝王之都，肯定有许多下棋的高手，于是一路直奔汴京而来。到了京城，凡与他对弈的，没有一个不输给他的，一时棋名大震。之后与他交往的都是朝中达官显贵，东家来接，西家来请；或是请教，或是下棋赌胜，日子过得很是红火。这期间他没碰到一个对手，也没有自己满意的女人撞入眼里。国能混了好长一段时间，自想姻缘未必在这儿，于是离开京城，直奔太原、真定等处游荡。国能一路下棋，眼见得没有一人的棋艺高出他，便兴奋地说："我听说辽国郎主在燕山称帝，其京都繁华胜于汴京，这里一定有天下无敌的棋手；如今我在中原既称国手，估计到那里也不会输给别人。何不去那儿一游？找一个一流的国手一比高低，也给中原出一口气，博他一个远乡异城的高名，传之不朽。况且自古说'燕、赵多佳人'，说不定借此技艺，在王公贵族人家里出入，可得个好配偶，也未必可知。"于是决定北上。一时晓行夜宿，不多日，便到了燕山地面，只见这燕山：

左环沧海，右拥太行，北枕居庸，南襟河济。向称天府之国，暂为夷主所都。

这时的燕山正是耶律部落的首都，宋朝时称之为北朝，互称兄弟国家。自石晋以来，以燕云一十六州让给他们，从此逐渐被汉化了，至今已百来年了。所以夷狄名号向来只是"单于""可汗""赞普""郎主"之类，到了辽人时，一般称"帝"称"宗"；以至官员职名，也多参照汉人官名；衣饰文物，百工技艺，已经没有什么区别了。辽国人尤喜下棋，如果是第一流的棋手，称为国手，便可送去与宋人比试。曾有一个王子的棋艺在辽国最高，就去与宋人比拼棋艺；当时棋院待诏顾思让，也是棋艺全国第一，他假称为第三，与辽国王子对局。王子赢不了顾待诏，又听说这是排名第三的棋手，便要与第一名比试。宋人回他说："赢得了第三，方可见第二；赢得了第二，方可见第一。今你连第三也未赢，自然见不到第一手。"王子信以为真，叹一口气说："我北朝第一手赢不了南朝第三手，还下什么棋呢？"于是摔碎棋枰，服输而去。

却说现在在辽国称国手的是一个名叫妙观的女子，由亲王保举，被朝廷册封为"女棋童"。她办了个棋院，教授门徒。教棋的方法有三十二种。

妙观以这三十二种方法传授给人。有许多王侯府把子女送来学棋，一些大家小户的欲学这些招数的少年，也尽来拜她为师，不计其数，都称妙观为"老师"。妙观也以"老师"自居。由于她棋名远扬，倾慕她才貌的人咽干了口水，只因胜不了她，也就没人敢开口向她求婚。她空传下个美名，教了许多门徒，到了晚上便是一个人孤独地睡觉。有一首《西江月》词写的就是她的情况，词中说：

丽质本来无偶，神机早已通玄。枰中举国莫争先，女将驰名善战。玉手无惭国手，秋波合唤秋仙。高居师席把棋传，石作门生也眩。

国能在饭店中住下，听说这妙观是辽国国手之后，便留心探访。他来到棋院前，果然见到一个美貌少女在那里教人下棋。国能见了，早已神魂颠倒。他心想：暂且不露面，看她是什么走法。于是站在那儿冷眼旁观，见到她不对之处，他也不说。一连几日，他有些耐不住了，不觉口中嗫嚅，常露出一两手来。妙观原不曾注意，见他说的都是妙招，抬眼一看，原来是一个小伙子，又是道家打扮，心里在想：哪里来了这么个怪人？心中忍着，只管不去理睬，依旧不停地教徒弟对局。一次妙观偶然指点一招，国能忽然说："这一招不是胜招，几路之后必然受损！"后来果然不出国能所料。

妙观心一惊："这小伙子真神，不知来自何处。若再让他在这观看，指出我的短处，枉为人师，岂不被人笑话。"于是大声说："这是教棋的地方，你是什么闲人？竟敢到此乱混！"妙观叫了两个门徒，把国能轰了出去。国能冷笑道："自家棋低，反要怪人指点。看你躲得过我吗？"背了双手踱了出来。

私下却想：好个美貌女子！棋艺虽比我差，女人中能到如此地步实为少见。我就凭这棋法来得到她，否则誓不回乡。于是在这棋院对门租了间店房，竖起店牌。门联上书："绝技佳人望枰而纳款，远来游客出手以成婚。"店牌上书："汝南小道人手谈，奉饶天下最高手一先。"店主见了，说："天下最高手你还要让他先走，真好大话！好大话！只怕你让我们女棋师不得。"小道人说："正要让你们的女棋师，才算高手。"老者不信，走进里屋去，与老嬷说了，老嬷说："远方来的人敢开大口，或许有些手段也说不定。"老者仍是不信。

牌子刚竖立不久，便有人把这事告诉了妙观。妙观见他写的是"饶天下最高手"，自然指的是她，也知道是昨天那个小伙子干的，心中很是气愤，心想：我在这儿擅名已久，哪里来这么个野小子？本欲与他决一胜负，但转念又想：如果与他决一局，自己胜了，砸他的招牌，赶他走并不难；万一自己输了，那么自己就再也立身不住了。此事不可鲁莽，先探探虚实再说。于是叫来棋艺仅次于她的得意弟子张生去探探虚实。

张生领命而去。两人叙礼完毕，张生先下。张生思想半天才得一招，国能只随手应付。没到完局，张生已败。后分别让张生一子、二子，张生都输了。及至让他三子，才下个平手。张生回告师父说："这小道人技艺甚高，怕师父你也要略逊一筹。"妙观示意他不要说出去，免得惹人耻笑。

从这以后，妙观不敢公开教棋。旁人见了招牌，已很惊讶；如今见妙观收敛起来，张生受让三子之说渐也传了出去，于是一时议论纷纷，说什么的都有。这其中有一个人，叫胡大郎，集了一些人凑足了二百千钱，去约小道人与妙观对局，谁赢了就发给谁二百千钱。后来两边都答应了，约好第三天午时在大相国寺对局。

妙观得了这信儿，虽然答应了，但心下有些虚怯。想那小道人正在老嬷店中，于是心生一计，派人请了老嬷来。妙观说："汝南小道人正在你家住着，我有句话想请你转告他，可以吗？"老嬷说："他自恃棋艺高超，正想与娘子对局。听说有许多人出钱，约你俩后日对局，娘子却要跟他说什么话？"妙观说："正是为这事要请你去说。我在这儿行教已久，哪个王侯府中不称我为棋师？今儿这小道人却说下大话，我让弟子中最高手去试他，回说他手段甚高。众人要看我们对局，约定后日举行。万一输给了他，一则有失本朝体面,二乃失了日前名声,不是闹着玩儿的。我想请你私下与他说,让我一些。"嬷嬷说:"娘子拿出以前的本领来赢他才对,怎么折了志气,反去求他?况且见赌有钱物,他如何肯让?"妙观说:"钱是小事。他若让我赢了,我明收了礼物,暗地另加五十千,一并送他。况且我与他无冤无仇,他不是本国人,名声没有什么关系。得了这些钱,就够他满意的了。只要你帮我转告他说,我已服输,不要在人前赢我、出我的丑就可以了。"嬷嬷说:"说便去说,同意与否只凭他了。"说完照办去了。

小道人听了嬷嬷的转述,心里很是高兴,他说:"好!好!老天送老婆给我来了。"他回答说:"我不稀罕那点钱。只是我孤身一人,小娘子如要我相让,必须依我一件事,我就听她的。"老嬷说:"什么事?"小道人嬉皮笑脸地说:"白天在别人面前对局,我可以让她。夜晚要她来被窝里对局,她必须让让我。"老嬷说:"别不说人话,后生家讨便宜的话莫说!"小道人说:"不是讨便宜。我原非贪财帛而来,之所以在这儿住这么久,是因为倾慕女棋师的容颜。请你为我多多美言。若能容我半日之欢,我甘心假输,一分不要。若不同意,便尽力对局不敢容情。"老嬷说:"你小小年纪,脸皮倒不薄。我帮你去说可以,若万一讨个骂,必须要你赔礼。"小道人说:"包你不挨骂。"

妙观正在心虚,见老嬷来,便笑着说:"辛苦你了。所

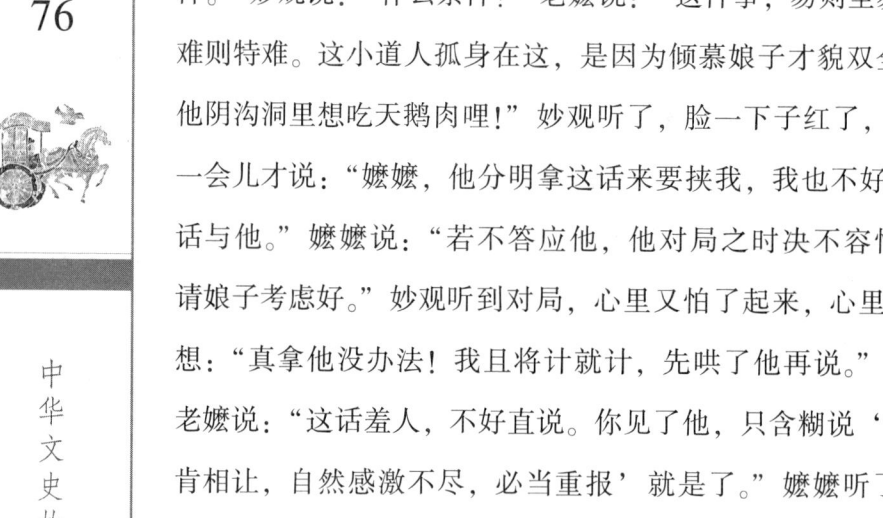

说的事他同意吗?"老嬷说:"他倒是同意,但有一个条件。"妙观说:"什么条件?"老嬷说:"这件事,易则至易,难则特难。这小道人孤身在这,是因为倾慕娘子才貌双全,他阴沟洞里想吃天鹅肉哩!"妙观听了,脸一下子红了,好一会儿才说:"嬷嬷,他分明拿这话来要挟我,我也不好回话与他。"嬷嬷说:"若不答应他,他对局之时决不容情,请娘子考虑好。"妙观听到对局,心里又怕了起来,心里在想:"真拿他没办法!我且将计就计,先哄了他再说。"对老嬷说:"这话羞人,不好直说。你见了他,只含糊说'若肯相让,自然感激不尽,必当重报'就是了。"嬷嬷听了,知道她是同意了,便转回店中,把话对小道人说了。小道人很是高兴,说:"虽然如此,传言送语不足凭,等我当面听她亲口答应了,才无反悔。"

这晚,老嬷在妙观的许可下,领了小道人到了妙观住处。相见礼毕,小道人说:"我云游到这里,见到了小娘子芳容,十分荣幸。"妙观说:"我偶然以小艺擅名国内,不想遇到你这高手光临。我本不敢相敌,怎奈有人要约,不得不班门弄斧,所以奉求。心事已托嬷嬷说过了,请多包涵。"小道人说:"小娘子吩咐,我怎敢有违!只是我仰慕小娘子已久,所以在这儿不忍离去。如今客馆孤单,若蒙小娘子见怜之心,对局之时,我岂敢不揣自逞,定当周全娘子美名。"妙观说:"若得周全,自当报恩,决不有负你。"小道人笑容满面，作揖称谢而归。

到了第三日，胡大郎早就来请双方对局。两人均来到相国寺。妙观因小道人是客，坐了东首，执白棋。妙观请小道人先下子。小道人说："我有言在先，这一招先要让天下最高手，决不先下。直等你赢了这局，这才先下。"妙观说："恕我有罪，应该低者先下了。"只见妙观手起一子，小道人随手而应。正是：

花下手闲敲。出楸枰，两下交。争先布摆妆圈套，单敲这着，双关那着，声迟思入风云巧。笑山樵，从交柯烂，谁识这根苗！

小道人虽然与妙观下棋，却不时偷觑着她的容貌，十分想得到她。想着她有言相许，有意让她一分，不尽情攻杀，只下得个两平。算来白子一百八十着，小道人认输了半子。第二局小道人先下子，没多久便下完了。他俩心里明白，已知是妙观输了。旁观的人见了说："果然是两个敌手，先后各输一局。而今只看最后一局决定胜负。"第三局时，妙观频频以目传情。小道人会意，仍旧东支西吾，让她过去。临到最后又是小道人输了半子。大家齐声喝彩说："还是本国棋师高强，赢了他两局！"小道人一声不响地回去了。

回到房中，老嬷便问他："今日对局的事怎么样了？"

小道人说:"答应了她的要求,我哪里还舍得尽力去赢她?让她一局过去,帮衬她在众人面前又光彩了一番,只好是这样凑趣了。"老嬷笑着说:"这样很好!她不忘你的好意,必有好处给你,带挈我也高兴高兴。"小道人嘴里跟老嬷说话,一心却想着佳人,双眼直勾勾地望着对门。这时天色将晚,小道人眼看天马上黑下来,直等到点灯时分,对面却把门关了。小道人着了急,对老嬷说:"莫非这小妮子欺骗了我?请你去她那儿探探消息。"老嬷说:"不必着急,她要遮人耳目哩,再等一会儿,等人静后若还没消息,我再去敲门问她。"小道人说:"全仗嬷嬷做成好事。"正说话间,忽听对面门环"当"地一响,走出一个丫鬟来,径往这边走来。小道人犹如接着一纸九重恩赦,心里好不庆幸,只听她来怎么说。丫鬟向嬷嬷道了"万福",说:"侍长棋师小娘子多多致意嬷嬷,请你过去说话。"老嬷听后便起身随她去了。小道人在这边着急得像热锅上的蚂蚁,哪里打熬得住,正是:

眼盼捷旌旗,耳听好消息。
若得遂心怀,愿彼观音力。

却说老嬷随了丫鬟到对门,只见妙观笑脸相迎,说:"多谢嬷嬷相助。如今要酬谢小道人相让之恩,原有言在先的,特请嬷嬷过来,交付钱物并谢礼给他代转。"老嬷说:

"娘子这么漂漂亮亮的一个后生，怎么这么忘事？小道人原说不稀罕财物的，如何又说钱物谢礼的话？"妙观装作吃惊地说："除了钱物还有什么？"老嬷说："前日说过的，他一心想念娘子，诸物不爱，只求圆成好事。娘子当面答应了他。刚才他还说了又说，在家里等着，真似渴龙思水一般。娘子如何把话说远了？"妙观变了脸色说："不要胡说，我是清清白白的人，从无半点邪处，所以受到朝廷册封，王亲贵戚供养，众多门徒尊奉。哪里来的野种，敢如此胡言乱语？叫他不要作妄想，趁早收了钱物和谢礼过去，也是便宜了他。"于是取出二百五十千钱交老嬷转交，并赏给老嬷三两银子。这老嬷见了银子，口也软了，她说："多蒙娘子赏赐，我只得先把东西送他再说。只怕他要说娘子失了信用，我怎么回他？"妙观说："我何曾失信！原只说自当重报，而今并不轻了。"随后派两个丫鬟捧了东西，随老嬷过去。

小道人正望得热切，见老嬷在前，二丫鬟在后，想着已是好事告成。不想二丫鬟放下手中东西转身就走了。他心里很是纳闷，忙问老嬷说："怎么样？"老嬷指着桌上礼物对他说："谢礼已都在那里，收了便是，不必多问！"小道人说："谁稀罕这点东西？原来说的事要紧！"老嬷说："要紧！要紧！你要紧！她不要紧！你叫我怎么办？"两人又争执了半天，小道人知道自己上当了，叹了口气说："可见人心如此！我竟被小妮子骗了。我一定找个机会来出这口气。"

老嬷说:"你且收好这些东西,有机会再说。"这一夜,小道人自然过不安稳,心情烦躁透顶。

一连几天,他未寻到机会。一天,小道人正在店中闷坐。忽见一个虞侯骑了高头骏马奔他而来。他下马对小道人说:"罕察王请师父到他府中下棋。"小道人上了马,一会儿便到了。进得王府,诸王贵人正在聚宴,见小道人来了,都起身说:"我们喝酒喝得起兴,正想下下棋,特请你来助兴。"即命人掇过棋桌来,诸王中先有两个下了两局,赌了几大觥酒。然后就推出高手与小道人对局,以后轮换请教。有被让六七子的,有被让四五子的,最少的也被让了三两个子。诸王你争我嚷,各出主意,要逞手段,均不是小道人的对手,于是敬酒称服。今日见他如此厉害,便问:"小师父棋艺与我国棋师妙观哪个高明?"小道人想着妙观失信之事,心里怀恨,不愿为她隐瞒,便说:"这女棋师技艺本来就很差,徒有虚名,不值一提。"诸王说:"前日听说你两人比试,是妙观赢了,今天你为什么反而说她差呢?"小道人说:"前日她叫人私下央求我,要我故意输与她,以免有伤贵国体面,所以我让她赢了。"诸王不信,便命人去请妙观来。

妙观来到,见过诸王。诸王赐座后,其中一人说:"你们二人都是国手,没定高下,今日在我们面前比试比试。我们出一百千钱为赌注,怎么样?"妙观还没答应,小道人便站起来说:"我不愿让各位殿下破费,我自有钱与小娘子作赌。"说完，从袖中取出一包黄金来，说："这里是五两黄金，就赌这么些。"妙观说："我没有带什么东西来，无法相对。"小道人说："小娘子无物相赌，何不以身躯作赌注。如小娘子胜了，就拿走黄金；如我胜了，就赢小娘子做妻子。行不行?"诸王见说，都拍手大笑说："妙，妙，妙！我们多做个保亲，正是风流佳话。"到这时，妙观也是没法，心里一片惊慌，勉强上阵，下子甚足碍手，真所谓："棋高一着，缚手缚脚。"又值心意不安，连平时的水平都未能发挥，连败了两局。小道人起身向诸王叩头说："我赢了，多谢各位殿下赐婚。"诸王拊掌称快，说："两个国手，原是天生一对。妙观虽败，嫁得此人，可谓得了人才。等吉日到了，我们各添他们一些结婚费用就是了。"妙观听罢，急得羞惭满面，无言以对，只低了头不出一声。罕察赏了他们俩一些钱，各自回家去了。

小道人回到店内，很是得意地对店主夫妇说："一个老婆，被我用两局棋赢了过来。今日她再也躲不掉了。"店主问其原因，他于是把王府中赌胜一事说了一遍。老嬷嬷笑着说："这次是赖不掉了。"店主人说："也须请个媒人，行个礼才稳。"小道人说："我的大媒人呢，各位殿下都是保亲。"店主人说："尽管这样，也还是要有个传话的人。"小道人说："请嬷嬷做媒人就是了。我现在就拿昨日赌胜的黄金五两，再加白银五十两作为聘礼，择一吉日请嬷嬷送去，

订个成亲日子即可。"店主人取来星书,一查看说:"明天正好是黄道吉日,师父只管去行聘礼。"

第二天,小道人封好礼物,托老嬷送过门去。妙观见老嬷打扮一新,双手捧着东西,有些奇怪,问她说:"老嬷今来有什么好事?"老嬷嬉着脸说:"小店里小师父请我向娘子行聘礼来了,请娘子收好。"妙观听了呆了半天,才回答说:"这话虽有来由,但这事怎么能成?王府中对局,不过是一片戏言,难道我的终身大事就输在这两局棋上不成!"老嬷说:"别的玩笑开得,这个话他怎么会认作戏言!有了上次,这次他肯定不会由你反悔。娘子莫怪我多管闲事,你看他年少聪明,你们俩又是有同样志趣,又是对手,正好做一对夫妻。娘子不如答应了这门亲事,不知娘子意下如何?"妙观叹了口气说:"我自幼失了父母,寄养在妙果庵中,多亏老姑把我抚养成人,教了这一技艺,并受了朝廷册封,国人皆敬佩于我。今日自家虽然可以做主,但上无尊长的命令,下无媒妁之言,一时凭了两局赌赛,草草定了终身,岂不可羞,这事断然行不通。"接着又说:"他原以五两黄金作赌注的,当时我什么也没带,虽然输了,我现赔给他五两黄金,天大的事也就完了。"老嬷说:"常言道,'好事不过三',你这样拒绝他,可是第二次了,我再回去对他说,看他怎么处置。"妙观果然拿出五两黄金,让老嬷带了回去。

老嬷回到店中,对小道士说:"原礼未收,回敬倒是有了。"

小道人问清原因之后，不由大怒："这小妮子昧了良心，竟说这等话，难道各位殿下算不得尊长？嬷嬷去行聘礼不就是媒妁，怎说没有？总的说来，她不服气，拿这些话来弄赖。我不稀罕这些金子，我且告她一状，不怕她不做我老婆。"当下写了一张状子来到了幽州路总管府。

那幽州路总管府总管正升堂理事，小道人进府递上状子。总管接了，只见上面写道：

告状人周国能。为赖婚事。能本籍蔡州，流寓马足。因与本国棋手女子妙观赌赛，将金五两聘定，诸王殿下尽为证见。讵料事过心变，悔悖前盟。夫妻一世伦常，被赖死不甘服！恳究原情，遂断完聚，异乡沾化！上告。

总管看了状词，说："原来是为婚姻的事，凡户、婚、田、土之事，必须到析津、宛平两县去。为什么到这里来告？"周国能说："这女子是册封棋童，又与诸王殿下有关，非天台这里不能主婚。"总管便准了状词，差人去传妙观。妙观叫了乘轿，到了府前，见了总管。总管问："周国能告你赖婚一事，这是怎么回事？"妙观说："一时赌赛输的，实非情愿。"总管说："既已输了，由不得情愿与否了。"妙观说："偶尔戏言，并无什么文书契约，怎么能算是真的？"

周国能说:"诸王殿下可以作证,他们承认为保亲,这要什么文书契约?"总管说:"这话是真?"妙观一时语塞,无言以对。总管说:"'君子一言,驷马难追!'何况婚姻大事,主合不主离。你们两人既然都是国手,正好匹配,我做主让你们成就好事吧!"妙观说:"天台高见,岂敢不从。只是他不是本国人,又浪迹天涯。我嫁了他,必定要随他走。我是个官身,有许多不便之处。"周国能说:"我虽然漂泊江湖,自信有此绝技,不甘心匹配平凡女子。就是妙观,女中国手,也不该轻配凡夫俗子!若得天台做成婚,我情愿落在这里,两人互相切磋行教,不回故乡。"总管说:"这样很好!"妙观无话推辞,只有听凭总管判定成亲。

周国能回到店中,再央求店家老嬷重下聘礼,约定成亲日期。他又到王府告知,各王府都赠送他们一些结婚的费用。胡大郎等人干了那好事之后,听了对局时暗地相让之事,大家趁机过来帮忙助兴。成亲之日,热闹非凡。

过了没多久,两情修好,夫妻俩日日切磋,技艺到了不相上下的地步。诸王贵人一高兴,还加封周国能为"棋学博士",御前侍奉。后来周国能差人到蔡州,秘密地把爹娘接来燕山,同享荣华富贵。周老夫妇见儿媳妇才貌双全,非常满意。到这时,他们才相信国能当初不肯娶妻子,最终会娶个好女子的事实。古人之所谓"有志者,事竟成",想也不无道理。

掷瓦片王生戏谑成姻缘

宋朝崇宁年间,有一个姓王的公子,浙西人,少年登科,现来京城参加会试。

一天傍晚,他去延利坊人家赴宴的途中,见到一座小宅子,门内有一个十分美貌的女子在徘徊凝望,好像在等什么人似的。王生正注目看她,忽然,前面有一伙骑马的人吆喝着过来,那女子便躲了进去。王生等一会儿便也走了,没有去打听这家姓张姓李。

赴宴完了之后,他半醉而归,这时已是初更。再次经过那小宅子门前,一看,只见门已紧闭,寂静无声。王生便沿着左边墙脚走去,想看看有无后门,只见数十步之外有一扇小小的门紧关着。王生想:"白天美人就在这座小宅里,怎样才能引她出来再见一面呢?"他看着后门,正在恋恋不舍之际,忽见隔墙掷出一片东西来,王生几乎被它打着,拾起来一看,却是一块瓦片。这时皓月初升,月光洒落,如同白昼一般。细看那瓦片，上面写有"夜间在此相候"六个字。王生一看心里便明白是怎么回事了。这时他又带有几分醉意，笑着自言自语："不知是什么人在这私相约会，待我耍他一耍。"于是在墙上剥了些石灰粉来，在瓦片背上写了"三更后可出来"几个字，写完后把瓦片掷进墙里，离开原地十来步站着，看里面有什么动静。一会儿，一个后生走到墙边，低着头在寻找东西，寻来寻去，不见什么东西，对着墙里，叹了一口气，很失望地走了。王生在黑影里看得明白，心说："想来这人便是所约的人了。只不知这里面到底是什么人？肯定会有人要出来，一定要等着看个明白。"等到三更，月色已高，烟雾四合，王生醉意已去，眼看瞌睡上来，伸伸腰，打了个呵欠，自笑说："睡也不去睡，倒管起别人的闲事来。"正想转身归去，忽听得墙边小门"吱"地一响，门开了，一个女子闪了出来。月光下，远望去，只见她亭亭玉立。随后一个老妈背了一只大竹箱跟了出来，两人就往外走。王生迎面走了上去，仔细一看，正是白天见的那个女子。那女子看见来人，一点也不回避，一直到当面一看，大吃一惊地说："不是，不是。"回转头去看老妈，老妈上前把王生一认，也说："不是，不是，快进去！"那王生用身子堵住后门，一把扯住说："还想进去！你是闺中女子，夜晚约人在这里相会，可是应该？我今喊叫起来，拿你去见官，丑名远扬，让你阖家没脸做人。我偶然在这里遇着,也是你我前世有缘,你不如随了我去。我是在这里参加会试的举人,也不会亏待了你!"那女子听了,泪如雨下,没了办法。老妈说:"如果喊叫起来,肯定麻烦了。既然这位官人是个举人,小娘子就权且跟了他去。一会儿天明了,有人看见,却要不得的。"那女子一边哭,一边被王生拉拉扯扯地走。走到他的寓所,王生把她安置在一个小楼上面,连那老妈也留下来使唤。安排已妥,王生便问起事情的经过来。女子说:"我家姓曹,父亲早丧,母亲只生我一个女儿,甚是溺爱,要把我许配人家。我有个姑妈,他的儿子与我小时候常相往来,他生得俊美,我心里想嫁给他。这个老妈,便是我奶娘。我请他对母亲说起这事,母亲嫌他家里没有做官的,不肯答应。因此,我叫奶娘与他说好,约在夜晚以掷瓦为信号,开门跟他私奔,他也曾回掷一瓦片,叫我三更后出来;及至我出得门来,却是你,倒不见他,不知什么原因?"王生笑着把刚才戏写瓦片和掷瓦片及一后生寻找东西不见、叹息而去的事说了一遍。女子叹气说:"那叹息而去的,就是他了。"王生笑着说:"却是我有幸碰着,这岂不是五百年前姻缘就做定了的?"女子无计可施,见王生也是一表人才,只得从了他。新结识上的,自然恩爱不浅。等会试过后发了榜,王生名落孙山,但他正热恋着那女子,因此也没把这事放在心上,只顾朝欢暮乐。那女子原带来的竹箱里面多是金银宝物,王生缺用,女子就拿出来给他花,这样拖延了好几个月，王生竟忘了回家。

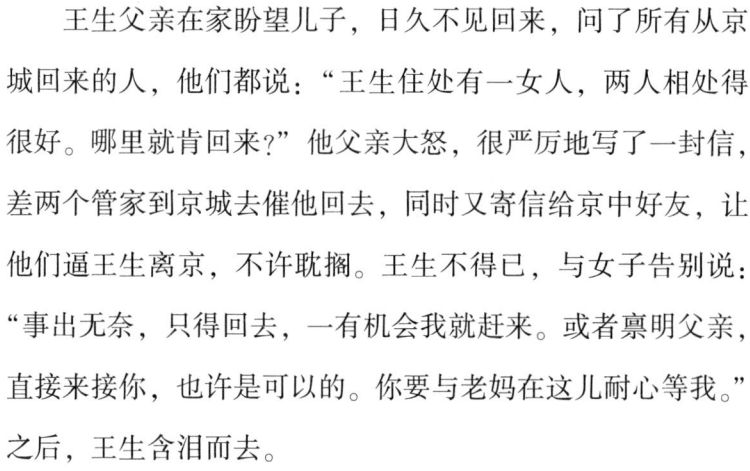

王生父亲在家盼望儿子，日久不见回来，问了所有从京城回来的人，他们都说："王生住处有一女人，两人相处得很好。哪里就肯回来？"他父亲大怒，很严厉地写了一封信，差两个管家到京城去催他回去，同时又寄信给京中好友，让他们逼王生离京，不许耽搁。王生不得已，与女子告别说："事出无奈，只得回去，一有机会我就赶来。或者禀明父亲，直接来接你，也许是可以的。你要与老妈在这儿耐心等我。"之后，王生含泪而去。

王生到了家中，父亲升官到福建上任，正要起身，于是带了他一起去。王生因一时不方便，不好说起女子的事，便闷闷随父而去，只日夜思念那女子。

却说这京中女子与老妈，两人住在寓所等候，日子一天一天地过去了，王生仍没能来，而她们手中盘缠已剩不多了。女子心里开始有些发慌了，叫老妈去打听家里的情况，指望重新回去见母亲。不想母亲因失了女儿，忧郁成病已好久了。那姑妈的儿子，事发后的第二天，听说舅母家的女儿不见了，怕祸及己身，早已逃得无影无踪了。女子听老妈回来一说，大哭一场，与老妈商量说："如今只身无依无靠，汴京到浙西，也没多远，趁身边还有些东西做盘缠，到他家里去找，不然怎么是好？"于是，请老妈雇了一只船，下汴京，一路行来，到了广陵地方，盘缠也花光了。老妈年岁已大，在船上受了些风寒，竟一病不起。那女子实在没有投奔之处，只有不停地啼哭。

这广陵就是如今的扬州府，地处繁华地带。古人有诗说："烟花三月下扬州。""二十四桥明月夜，玉人何处教吹箫？"从来仕官官员、王孙公子，要讨美妾的都到广陵郡来拣择聘娶，所以满街满巷的都是一些媒婆在转来转去。她们看见船上有一个美貌女子啼哭，都来问她缘故，那女子说："我是汴京下来的，到浙西寻夫，不想在此奶妈又死了，盘缠也花光了，如今无计可施，所以哭泣。"其中一个婆子说："你何不去找苏大商量？"女子问："苏大是什么人？"那婆子说："苏大是这儿的好汉，专门替人做好事的。"女子慌忙之中也顾不了是好心还是坏意，便说："烦请你指点。"婆子去了一会儿，找了一个人来，那人一到船边，问了情况，便又领一个人来，抬了奶妈的尸首上岸去埋葬，并付了船费，打发船家走了后，对女子说："收拾好行李，先到我家里暂住几日再说。"又叫一乘轿子来抬女子。女子见他安排周全，只道她碰上了好人，何况这时又无寄身之处，便放心地随了他去。谁知这"好心人"却是扬州一大光棍，养娼接客，是烟花中的首领，乌龟中的班头。轿抬到家，就有几个粉头出来相接做伴。女子情知尴尬，已落入烟花院中，真是有苦无处诉说，自此改名苏媛，做了娼妓。

王生跟随他父亲在福建待了两年，才回浙西，又赶上会试之期。整装北上，途经扬州，扬州司理是王生的同乡，于是设宴邀请王生。王生赴宴，酒席之间，官妓叩头送酒。只见其中有一个人，多次偷眼看王生，王生也仔细看她，心里怀疑地说："为何竟这般像京城中曹氏女子？"问起她的姓名，却一点也不同。他再三端详，越看越像是她。酒过三巡，苏媛上前劝王生喝酒，靠近看得真切，嘴里虽不敢说，心里却想起旧事，不胜凄伤，禁不住流下泪来。王生这时已确认她就是曹氏女子了，也流着泪说："我是说怎么像你，原来真是你。不知你为什么到了这里？"那女子把王生走后的事情，及自己寻夫、盘缠用尽、误入烟花的原因都说了一遍，说得很是悲切。王生自己觉得惭愧，伤感而泪流；推辞说自己有病，不能再喝酒，随即带了女子去到自己寓所，互诉情怀，留下同床共枕。第二天，扬州司理追查了苏大谋逼良为娼之事，问了罪名，脱了苏媛的烟花乐籍，送与王生同行。后来她给王生生儿育女，王生则官至尚书郎。仅这瓦片戏谑之事，成就了一段姻缘，虽有波折，但终成正果。

团头女金玉奴棒打薄情郎

南宋绍兴年间，临安作为宋都，繁华富饶，但在这里仍然有不少乞丐。这些乞丐里有一个当头领的，即是"团头"。这团头管着这里的大小乞丐。众乞丐讨来东西时，必要向团头交日头钱。如果碰上下雨、飘雪的天气，没有讨东西的地方时，团头就熬些稀粥养活这群乞丐，破衣破袄也由团头分发。因此，这伙乞丐总是小心翼翼如奴隶一般地听从团头的领导，根本就不敢冒犯。那团头按照规定的条件，每年敛取现成的钱财，如果不嫖不赌，只在众乞丐中放债赢利，也可以成为富裕人家。团头靠这营生，一时也不想改业。只是"团头"这名字不好听，不管你是否挣得钱来置有田地，几代发迹，但终究还是个叫花子的头领，不敢与良民百姓相比，在外面没有人尊敬，只好闭着门，自个儿在屋里装上等人。尽管如此，如果要说"良贱"二字，只说娼妓、优伶、奴仆、士兵这四种人为贱民，倒轮不到乞丐。由此看来乞丐只是没有钱，身上却是没有不光彩的地方。譬如春秋时的伍子胥，在逃难时也曾在吴市中吹箫乞讨；唐时郑元和也曾流落街头唱《莲花落》。他们后来都发了迹，富贵得很，他们是众乞丐之中比较出色的。因此这些人虽然被人瞧不起，但不比娼妓、优伶、奴仆、士兵这四类人低贱。

话说临安城中也有一个乞丐群伙的头领，姓金，名老大，从祖上到他这辈，已经做了七代团头了。他种的有好田，穿的有好衣，吃的有好食，真个是粮仓多积粟，囊中有余钱的人，不但能放债赢利，而且还买有许多丫鬟侍女。虽然不是家财万贯，但在当地也算得上是屈指可数的富裕之户了。这金老大有志气，把团头让与族人金癞子做了，自己坐享其成，不与众乞丐打交道。尽管如此，别人还是习惯叫他为"团头"。金老大这年已五十多岁了，妻子死了，又没有儿子，膝下只有一个女儿，名叫玉奴。这玉奴正值年少，貌美非常，有人写诗形容说："无瑕堪比玉，有态欲羞花。只少官装扮，分明张丽华。"金老大把她视为掌上明珠，从小教她读书识字。她长到十五六岁时，不但能诗善赋，而且还能刺绣缝衣、调笔弄管，事事在行。金老大觉得自己的女儿才貌非凡，决心要把她嫁给一个读书之人。即便是名门望族之中，也很少有这样出众的女子，遗憾的是她出生于团头之家，所以没有人来求婚。金老大不屑于寻常生意人家，又不愿攀附官宦人家，因此高不达，低不就，把女儿养在家中，十八岁了还没嫁出去。

偶然有一邻翁对金老大说:"太平桥下有一个书生,姓莫名稽,今年二十岁,一表人才,饱读诗书。只因为父母双亡,家穷而没有婚娶。近日经过考试,做了太学生,他愿意入赘人家。这个人正好与你女儿般配,为什么不招他来做女婿呢?"金老大听后非常高兴,他说:"就请你去做媒怎么样?"邻翁同意做媒之后,便直奔太平桥下而来,找到那莫秀才,对他说了:"实不相瞒,她祖宗曾做过团头,如今早已不做了。她不仅是个好女子,而且家庭富裕,你若不嫌弃,我就立即帮你促成这门亲事。"莫稽口头上不说,心里却在想:"我现在温饱没有保障,又没有能力婚娶,何不俯就他家,一举两得?"于是,也顾不得被耻笑,对邻翁说:"大伯所说虽然很好,但我家中清贫,纳不起聘礼,怎么办才好呢?"邻翁说:"秀才,只要你答应,纸也不用你费一张,一切都包在我身上。"邻翁回复了金老大,于是,择了吉日,倒送一套新衣与莫稽,让他穿着过门成了亲事。莫稽见玉奴才貌双全,更是喜出望外;自己不出分文,倒白白娶了个美貌妻子,并且衣食丰足,事事称心。就是在朋友这辈之中的人,都知道莫稽的贫苦而给予了体谅,没有一个人取笑他。

莫稽结婚一个月这天,金老大备下丰盛的酒席,叫女婿请同学来以酒会友,荣耀家门,一连吃了六七天。没想到这下可惹恼了金癞子。他心想："你是团头，我也是团头，只是你多做了几代，挣有钱钞，若论祖宗，我们也是一脉相承，彼此无二。侄女玉奴招婿，也该请我喝杯喜酒。如今请人庆祝结婚，开宴六七天，并没有三寸长一寸宽的请帖请我。你女婿是做了秀才，即便就是做尚书、宰相，我就不是他的亲叔公了？我就坐不起这凳头？真不把人放在眼里！我这就去闹他一场，叫他们没趣。"于是叫来五六十个乞丐，一起跑到金老大家里来，只见：

开花帽子，打结衫儿。旧席片对着破毡条，短竹根配着缺糙碗。叫爹叫娘叫财主，门前只见喧哗；弄蛇弄狗弄猢狲，口内各呈伎俩。敲板唱杨花，恶声聒耳；打砖搽粉脸，丑态逼人。一班泼鬼聚成群，便是钟馗收不得。

金老大听见吵闹声，开门看时，那金癞子便领着众乞丐一拥而入，闹作一堂。金癞子直奔宴席上坐了，拣好酒好菜只顾一个劲儿地吃，口里还不停地叫道："快教侄婿夫妇来拜见叔公！"吓得各位秀才站脚不住，一个个都离席逃走了，就连莫稽也随着众朋友躲了起来。金老大又惊又气，但还是无可奈何地央告说："今天是我女婿请客，不关我的事，改天专门准备一桌酒席，与你赔礼道歉。"说完拿出一些钱钞分赏给各位乞丐，并抬出两瓮好酒和一些活鸡、活鹅之类，让众乞丐送到金癞子家去，折合作酒席的代价。直乱到天黑，众乞丐才离开。玉奴在房中气得眼泪汪汪，自然是没有办法。这一天夜里，莫稽在朋友家借宿，直到第二天早晨才回来。金老大见了女婿，觉得很是丢面子，满面羞愧。莫稽心中不免也有三分不快，只是大家都没说出来而已，也真是："哑子尝黄柏，苦味自家知。"

金玉奴只恨自己门风不好，决心要争个出头之日，于是奉劝丈夫刻苦读书；凡古今书籍，不惜一切代价，都买来给丈夫看；并不惜花钱，请来有学问的人和他一起研究文章，讲解经书。她还拿出财物，让丈夫去结交朋友，延揽声誉。莫稽因此而才学大进，声誉是一天比一天高了。二十三岁这年连续参加逐级科考，都中了榜。这天参加完皇上宴请新科进士的宴会后，他着乌帽官袍，骑马归来。将要来到丈人家里，只见街坊上一群小孩争先恐后地赶来观看，并指指点点地说："金团头家女婿做了官了。"莫稽在马上听了这句话，很不高兴，又不好惹麻烦，只好忍耐；见了丈人，表面上很是礼貌，肚子里却满是怨气，心想：早知道有今天这样的富贵，还怕没有王侯贵戚招赘成婚？我却拜了个团头做丈人，真是终身的耻辱！生出女儿来，还是团头的外孙，将来必定被人传作笑料。只是如今事已如此，妻子又贤惠，又没有犯休妻的七条理由，不好意思提出决断。也真是遇事不三思而行,终有一天会后悔的。为这事他心中怏怏不乐,玉奴问他几遍,他都不回答,不说是什么原因。好笑的是这莫稽,只想着今天的富贵,却忘了贫贱的时候,把妻子的资助成名的功劳忘在脑后,这是他心术不正之处。

没过几天,莫稽到吏部去应选,得到了一个无为军司户的官职,丈人摆酒为他送行。这时,众乞丐再也不敢登门吵闹了。令人欣喜的是从临安到无为军,一条水路即可通达。莫稽领着妻子,登船赴任。行了几天,到了采石矶江边,把船停系在北岸。这一夜月明如昼,莫稽怎么也睡不着,便穿衣起床,坐到船头观赏月色。见四面没人,又想起了团头的事,心中闷闷不乐。忽然一个邪恶的念头闪进脑际,只有这个女人死了,另外娶一个人,才可以避免终身耻辱。计谋已定,他便走进船舱,哄玉奴起来一起观赏月色。玉奴已经睡了,莫稽再三逼她起来。玉奴不好违背丈夫的意思,只得穿衣起床,刚走到船舱头,探头观月,却被莫稽出其不意地推出船头,掉落江中。之后莫稽忙叫醒艄公,让他们快开船前去无为军,重重有赏,不得迟慢。艄公不知原因,慌忙撑篙荡桨。船开出十里之外,船泊进江岸之后,他才对艄公说:"当时奶奶因赏月落水,捞救不及了。"说完赏给艄公三两银子作酒钱。艄公知道其中意思,谁也不敢说。船中虽然也带有几个蠢婢子,她们都以为主母真的落水,痛哭一场,就不再管了。也真是:

只为团头号不香，忍因得意弃糟糠。

天缘结发终难解，赢得人呼薄幸郎。

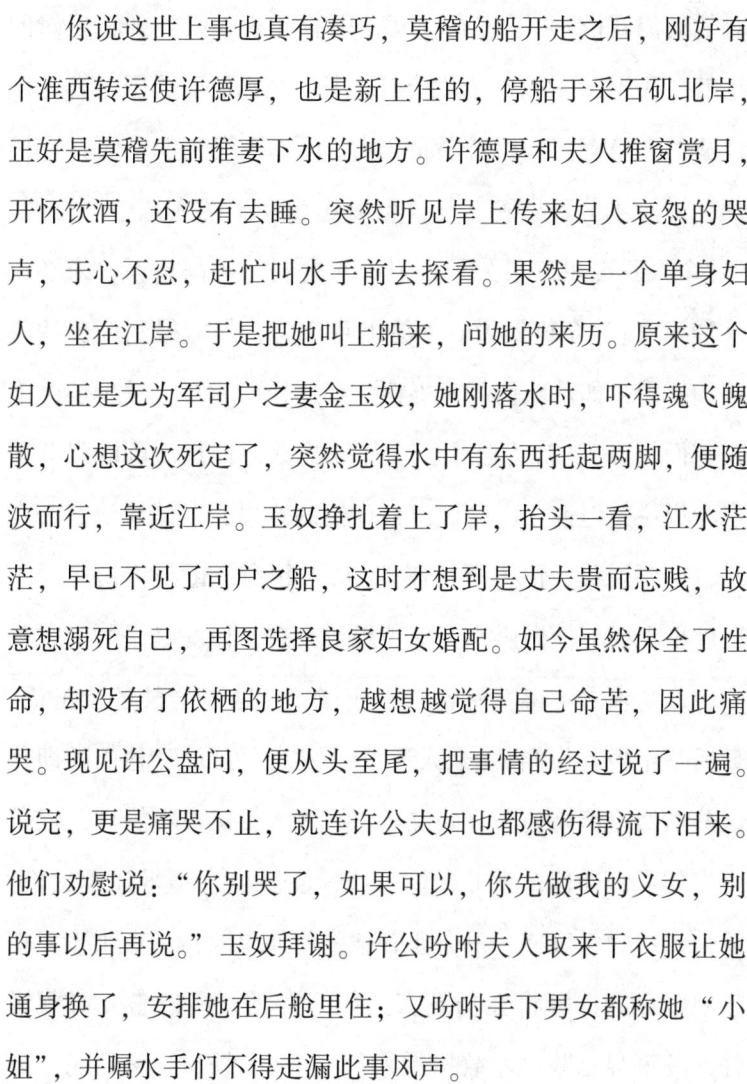

你说这世上事也真有凑巧，莫稽的船开走之后，刚好有个淮西转运使许德厚，也是新上任的，停船于采石矶北岸，正好是莫稽先前推妻下水的地方。许德厚和夫人推窗赏月，开怀饮酒，还没有去睡。突然听见岸上传来妇人哀怨的哭声，于心不忍，赶忙叫水手前去探看。果然是一个单身妇人，坐在江岸。于是把她叫上船来，问她的来历。原来这个妇人正是无为军司户之妻金玉奴，她刚落水时，吓得魂飞魄散，心想这次死定了，突然觉得水中有东西托起两脚，便随波而行，靠近江岸。玉奴挣扎着上了岸，抬头一看，江水茫茫，早已不见了司户之船，这时才想到是丈夫贵而忘贱，故意想溺死自己，再图选择良家妇女婚配。如今虽然保全了性命，却没有了依栖的地方，越想越觉得自己命苦，因此痛哭。现见许公盘问，便从头至尾，把事情的经过说了一遍。说完，更是痛哭不止，就连许公夫妇也都感伤得流下泪来。他们劝慰说："你别哭了，如果可以，你先做我的义女，别的事以后再说。"玉奴拜谢。许公吩咐夫人取来干衣服让她通身换了，安排她在后舱里住；又吩咐手下男女都称她"小姐"，并嘱水手们不得走漏此事风声。

没过几天，许德厚便到了淮西上任。那无为军司正是他所管辖的地方。这样，莫司户是许公的下属，自然免不了要随班参见许公。许公见了莫司户，心中在想："可惜一表人才，竟做出这样薄情薄义的事来！"大约过了几个月，许公对他的僚属说："下官有一女，很有才貌，已经到了出嫁的年龄，我想选择一个好女婿招进来。在你们的周围，有这样合适的人没有？"众僚属都知道莫司户年轻丧偶，便齐声推荐，说他才学和品貌非凡，可以作为女婿的人选。许公说："这个人我也注意很久了，但少年登科，心高望厚，未必肯入赘我家。"众僚属说："他出身寒门，如能得到许公的收留和提携，如芦荻倚靠着玉树，有这样的幸事，哪里还会因入赘而嫌弃呢？"许公说："各位既觉得可行，可以跟莫司户去说说，但说之时应说出自你们的意思，以试探他是否真心，不要说我，怕有所妨碍。"众人领命，遂与莫司户说了这件事，要替他做媒。莫稽正想要高攀，何况又是与上司联姻，真是求之不得，便欣然答应说："这事全仗各位玉成，日后一定报答你们。"众人说："可以，可以。"他们随即将这些话回复给许公。许公说："虽然承蒙司户不嫌弃，但下官夫妇，钟爱这个女儿，娇养成性，所以舍不得让她出嫁。只怕司户少年气盛，不会让着她些，如果因为一点小事而伤了家庭和睦，那将会伤下官夫妇之心的。所以事先必须讲好，凡事容忍些，才敢招他入赘。"众人领命，又到司户处传话，司户都答应了下来。这时的司户不比做秀才那时，用金花彩币作为纳聘之礼，选了吉日，心情急切，早就准备好了去做转运使的女婿。

许公那边先叫夫人跟玉奴说，老相公可怜你寡居，想重赘一少年进士，你可不要推辞。玉奴回答说："我出身寒门，但颇知礼数。既然已经与莫郎结发，当从一而终。如今，莫郎虽然嫌贫弃贱，忍心有违天理，但我还是应该尽礼仪之道，哪里愿意改嫁而损了妇人的贞节？"说完，泪如雨下。夫人见她意志真诚，于是实说道："老相公所说少年进士，就是莫郎。老相公痛恨他的无情无义，务必要让你们夫妻再合。他只说有一个亲生女儿，要招赘一个女婿，却叫众僚属与莫郎议亲，莫郎欣然答应了，就在今晚入赘我们家。等他进房之时，须是……如此，可给你出这口恶气。"玉奴这才停止流泪，重新打扮一番，准备成亲的事。

到了晚上，莫司户冠带齐整，帽插金花，身披红锦，跨着雕鞍骏马，两班鼓乐在前面引路，众僚属都前来送亲。一路上：

鼓乐喧阗白马来，风流佳婿实奇哉！
团头喜换高门眷，采石江边未足哀。

这夜，转运使府内铺毡结彩，大吹大擂，等候新女婿上

门。莫司户到门口下马,许公冠带出迎,莫司户径直来到私宅,新娘子用红帕覆盖着头脸,由两个养娘扶将出来。主持人在门槛外宣告礼节,新娘新郎双双拜了天地,又拜了岳父、岳母,然后又交拜,仪式完毕之后,便送入洞房。莫司户此时心花怒放,喜难自禁,仰面昂然跨入洞房。不想才跨进房门,只见门的两侧走出七八个老妇人和丫鬟,一个个手执篱竹细棒,劈头劈脑打将下来,把他的乌纱帽都打掉了,肩背之上更是棒如雨下,直打得莫司户叫苦不迭。莫司户被这一阵乱打打得慌忙缩作一团,不住地喊岳父岳母救命。一会儿,只听房中娇声婉转地吩咐说:"不要打死薄情郎,先叫他进来相见。"众人这才住手,一时间,七八个老妇人和丫鬟,扯耳朵、拽胳膊,仿佛"六贼戏弥陀"一样,脚不点地,把他架到新娘面前。莫司户口中还不停地说:"下官有罪!"及至睁开眼看时,只见画烛辉煌,照见上边端端正正地坐着一个新娘,不是别人,正是故妻金玉奴。莫稽这时魂不附体,乱嚷道:"有鬼!有鬼!"众人都大笑起来。只见许公从门外走了进来,说:"贤婿不要疑神疑鬼,这是我在采石矶江头所认的义女,不是鬼。"莫稽这才平静下来,慌忙跪下说:"下官知罪了,望大人开恩包容。"许公说:"这事与我无关,只要我女儿没有话说就行了。"玉奴当面用口水唾他,骂道:"无情无义的东西!你难道不记得宋弘'贫贱之交不可忘,糟糠之妻不下堂'这句话了吗?想当年你空手入赘我家，亏得我家资助，为你读书延誉，以至成名，有幸做了官。我也希望夫荣妻贵，哪曾想到你忘恩负义，也不念结发之情，恩将仇报，将我推落江心。有幸的是上天可怜我，让我遇上恩爹救护，收为义女。如果我葬身于江鱼之腹，你另娶新人，于心能忍吗？今日还有什么脸面再与我团聚？"说完，放声大哭，千无情、万无义的骂不住口，莫稽满面羞惭，不敢说话，只一个劲儿地磕头求饶。

许公见骂得可以了，才把莫稽扶起来，劝玉奴说："我儿息怒，如今贤婿悔过，料定他不敢再轻慢你了。你俩虽然是旧时夫妻，在我家只能算新婚花烛夜，不管什么事都看在我的面上，过去的一些事都从此不再记提，好吧！"且转头对莫稽说："贤婿，这是你做得不对，不要怪罪别人。今晚只管忍耐些，我叫你岳母来劝劝她。"说完，转身离开洞房，一会儿，夫人来到，又调停了半天，两个人才开始和好。

第二天，许公设宴，款待新女婿，将前日所送来的金花彩币如数送还。他说："一女不受二聘，贤婿前次在金家已破费过了，这次下官不敢重复收礼。"莫稽低头无语。许公又说："贤婿常恨令岳父卑贱，以致夫妻分裂，几乎不能白头偕老。今天下官封他为员外怎么样？只怕爵位不高，还不能让贤婿满意。"莫稽涨得面红耳赤，只有离席请罪。也真是：

痴心指望缔高姻,谁料新人是旧人?
打骂一场羞满面,问他何取岳翁新?

从此以后,莫稽与玉奴夫妻和好,甚于往日。许公与夫人把玉奴视为亲生女儿一样,待莫稽也如亲女婿,玉奴待许公夫人与待亲爹亲妈没有什么两样。后来莫稽深受感动,把团头金老大接进官府住处,养老送终。许公夫妇死后,金玉奴穿戴重孝,以报答他们的恩德。莫氏与许氏世世代代均为通家兄弟,常常友好往来。有诗在评论这件事时说:

宋弘守义称高节,黄允休妻骂薄情。
试看莫生婚再合,姻缘前定枉劳争。

缘犹在李彦直心坚金石

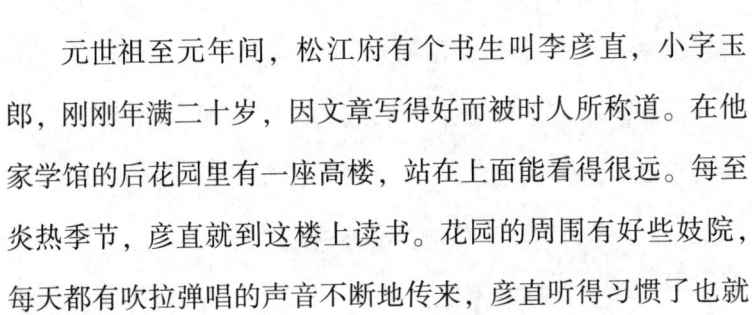

元世祖至元年间，松江府有个书生叫李彦直，小字玉郎，刚刚年满二十岁，因文章写得好而被时人所称道。在他家学馆的后花园里有一座高楼，站在上面能看得很远。每至炎热季节，彦直就到这楼上读书。花园的周围有好些妓院，每天都有吹拉弹唱的声音不断地传来，彦直听得习惯了也就不以此为怪。

一天，他与同学们在楼上喝酒。其中有一个同学听到花园外传来的丝竹声，笑着说："这就是人们常说起的'但闻其声，不见其形'啊。"彦直也笑着附和说："若见其形，恐怕就不会去闻其声了。"大家一时兴起，相约以此作诗。彦直最先写成。大家正在传阅品味，忽然有人报告说老师驾到，吓着彦直急忙收了此诗揣入怀中。大家把老师迎到楼里坐定，就一起喝起酒来。彦直一直惴惴不安，生怕同学中有谁心直口快，把作诗一事说了出来，于是声称出去方便，借机把诗稿扔到墙外去了。

却说这彦直所扔诗稿的地方，墙另一侧乃张奶奶的住宅。她膝下只有一女名丽蓉，又叫"翠眉娘"。她自恃才学和容貌出众，不把一般人放在眼里。丽蓉常常从早到晚地坐在与李家楼斜对着的一幢小楼上，这天拾到一个纸团，打开一看，知道是李玉郎笔迹，心里顿生爱慕之情，于是按照这首诗的原韵和了一首，写在白绫手帕上。几天后，她见彦直去了楼上，便把和诗扔到墙外。后来，彦直拾到了，打开一看，见是一首诗，吟咏几遍过后便知这诗作者对自己有了情意，于是就站在太湖石上向墙那边望去。两人相约见了面，谈得很是投机。丽蓉趁机问彦直为什么还没成亲，彦直说："想找一个才貌像你这样的女子才中意呢。"丽蓉说："就怕你看不上我，我哪敢不愿意呢？"于是两人山盟海誓，依依而别。

彦直回到家里，便把这件事告诉了父母。父亲认为这门亲事门不当户不对，没有同意。彦直没办法，便去托了几位亲朋好友前来劝说父亲，但还是被父亲拒绝了。就这样拖了将近一年，彦直的学业也荒废了，且差点儿得了肺病。丽蓉在家中也闭守闺门，非彦直不嫁。彦直的父亲看拗不过儿子，便请了媒人前去丽蓉家提亲，总算定下了这门亲事。

成亲吉日选定之后，正值本路的参知政事阿鲁台任职期满，将要返回京城之际。当时，朝廷里伯颜正做右丞相，独揽大权，文武百官凡任期满后归朝，必须给他送万两银子作为见面礼，否则就会被立即停职或罢官。阿鲁台任职九年，即便倾囊而出也凑不足五千两，于是就招来下属一起商议。下属说："右丞相所缺少的不是钱财，如果能从各府选两三个才色出众的官妓，梳妆整齐以后，进献与他，其费用花不到一千两，却可以使右丞相非常高兴，我想这是个好办法。"阿鲁台听后觉得这办法的确很好，于是假传右丞相的命令，要求各府备办。没多久，便选中了两个人，为首的便是张丽蓉。李彦直父子听到这个不幸的消息后，上下奔走通融，均无结果。丽蓉临行前给彦直写了一封信表示歉意，并说要以死相许。后来她开始不吃不喝，绝食求死。她母亲哭着对她说："你若饿死了，一定会连累到我的。"丽蓉一听，不忍连累老母亲，才稍微吃了些东西。

　　载着丽蓉的船出发之后，彦直便在后面徒步追，他那悲痛欲绝的悲惨模样连过路的人都为之动容。凡沿途停船的地方，彦直就在那里整夜地哭号，哭累了就趴在水边睡觉。就这样过了一个多月，船只驶到了山东临清。李彦直长途跋涉三千多里，两脚的皮肤都裂开了，早已人不像人，鬼不像鬼了。丽蓉从船板的缝隙中看见他这副模样，悲痛得昏死了过去，张老太太连忙抢救，过了好一段时间，她才恢复过来。丽蓉苦苦地恳求船夫让她去与彦直说几句话。好容易得到允许，她跑过去非常抱歉地对彦直说："我之所以没有马上死

去,是因为我害怕连累老母亲;母亲一旦脱了身,我立刻就去死。你先回家去吧,不要这样苦苦地折磨自己了。"彦直听了这些话后,仰面大哭,一头撞在地上,气绝身亡。船夫们可怜他,便一起挖了个土坑,把他埋在了岸边。这天夜里,丽蓉为追随彦直也自杀身亡。阿鲁台知道这些事情后,大为惊怒,他说:"我给你珍贵的衣物和丰盛的食物,想把你送去京城坐享荣华富贵,而你倒好,仍死死地恋着那个穷酸的书生,真是个贱骨头!"说完,下令扒掉丽蓉的衣服把她的尸首烧掉。尸首烧完了,只有她的心没烧成灰。船夫用脚一踩,只见心里面忽地蹦出一个人形的小东西,手指大小。船夫用水将它洗净,只见它金光泽亮,仿佛金子一般,其衣服、鞋帽、头发、眉头等每一个细小部位都很清晰,简直就和李彦直一模一样,只是不能说话和做动作罢了。船夫们觉得非常奇怪,立马把这件事报告了阿鲁台。阿鲁台也是一惊,心想:"真的会这样?人的真心诚意凝聚起来,会产生这样的结果?"他一面慨叹,一面把它拿在手中把玩。之后他又刨出李彦直的尸体来,用火去烧,果真得到了一个与那小东西一般大的张丽蓉模样的小东西。阿鲁台见了之后说:"我虽然没有见过活着的张丽蓉,但这两件小东西可是稀有的珍宝,进献给右丞相再好不过了。"于是用锦缎袋子、檀香木匣子装封好了,上书"心坚金石之宝"六个大字。一高兴,还赏了张老太太一大笔钱,任凭她去办葬礼和回家养老去了。

　　阿鲁台回到京城，双手捧着木匣子呈献右丞相。伯颜听了他对这木匣子里面的珍宝来历的讲述，特别惊奇和兴奋。但谁也不曾料想，等他把木匣子打开，里面早已没有了李、张二人金石像，只有两团污血，腥臭难闻。右丞相一见，顿时大为震怒，传令刑法官员将阿鲁台抓去，治他抢夺人妻之罪。案件查清之后，刑法官员报告右丞相说："青年男女相爱，彼此矢志不渝却又始终不能如愿，所以爱恋之情不能消失，结果出现了心有所感化而成金石的现象。后来他们能够合在一起了，爱情也就得以实现，冤气一出，便只剩原来的样子了。我想这或许可以解释这个现象。"尽管如此，右丞相依然怒气难消，最终还是下令处死了阿鲁台。

死相随清安寺里笑啼缘

元成宗大德二年，孛罗因为是原丞相齐国公的儿子而被任命为宣徽院使。这时宣徽院的佥判是奄都剌，经历是东平路的王荣甫，三家人一起住在积水潭的石桥西面。

孛罗从小便生活在相府之家，住宅十分幽雅华丽，享尽了荣华富贵，没有人能与他相比。但他喜欢读书，通文墨，又很礼贤下士，因此很为当时的人所称赞。他的住宅后面有一座"杏园"，其名出自"春色满园关不住，一枝红杏出墙来"这句诗。这杏园也真是名不虚传，在这里有各色各样的奇花异草，精美华丽的亭台楼阁，它在众多的名家花园之中，的确可以算得上是第一流的。每年春天，孛罗的姐妹和女儿们都会邀请佥判和经历家的女眷前来，她们一起在杏园中荡秋千，同时整日欢宴，因此热闹非同一般。其他两家也隔一天设一次这样的筵席，从二月底直到清明节过后才停止，她们称其为"秋千会"。

一天，枢密院同佥贴木儿不花的儿子拜住正从园外经过，忽听到里面传来非常悦耳的欢笑声，于是在马上欠身向园里张望。只见秋千飘飞一般，一个高似一个地飘荡，笑语欢声阵阵难断。他便借着柳荫的遮掩偷偷地细瞧起来，只见女孩子们一个个都长得天姿国色，不由惊呆了。也不知过了多久，他突然被人叫住，这看门人叫住他后，便迅即报告给孛罗。但等孛罗带人来抓他时，他早已逃走了。

拜住回到家里，把这些情况都告诉了母亲。母亲明白儿子的意思，便托了媒人来孛罗家求亲。孛罗对媒人说："你说的大概就是那个趴墙头的小伙子吧？我正在挑选女婿呢，可以让他来给我看看，如果人确实很好，我就同意这门亲事。"媒人回去做了汇报。同佥便把儿子精心地打扮了一番，让他去了。孛罗见了拜住，看他年轻貌美，心里也比较满意，但不知道他的才学怎么样，想了想便试探他说："你既然喜欢看荡秋千，那么我就以此命题，你能用《菩萨蛮》为调，填一首词吗？"拜住听完，便提笔在手，用蒙文写道：

红绳画板柔荑指，东风燕子双双起。夸俊要争高，更将裙系牢。

牙床和困睡，一任金钗坠。推枕起来迟，纱窗月上时。

孛罗看罢，觉得拜住才思敏捷，又添三分欢喜，但他仍不放心，怕他是预先拟好或请别人代写的，因此想进一步试探其虚实。这天，他摆下酒席，几杯过后，他让拜住用《满江红》作调填一首《咏莺》词。拜住铺开剡藤纸，用汉字工工整整地写道：

嫩日舒晴，韶光艳，碧天新霁。正桃腮半吐，莺声初试。孤枕乍闻弦索悄，曲屏时听笙簧细。爱绵蛮、柔舌韵东风，愈娇媚。

幽梦醒，闲愁泥。残杏褪，重门闭。巧音芳韵，十分流丽。入柳穿花来又去，欲求好友，真无计。望上林，何日得双栖？心迢递。

写好后双手呈递给孛罗。孛罗看了此词之后，非常高兴，他说："我找到女婿了！"于是当即答应许配三夫人的女儿速哥失里与他，并把夫人和女儿都叫了出来，一一见面，其他几个姐妹也在窗缝里偷偷地看见了。速哥失里一回房，她们便私下里向她祝贺说："这真像古人所说的'门阑多喜气，女婿近乘龙'啊！"没几天，拜住选了一个黄道吉日送来了聘礼，其礼物的丰厚和拜住的文采，在京城盛传一时。

然而，此后不久，同金因为生活奢侈放荡，犯下了贪污罪而被削去了官职，又在台狱中得了重疾。由于他原是朝廷命官，按照当时的法律，允许他出狱治病。同金回到家里没几天就病死了。接着全家人因为被他的病所传染也纷纷病死，最后只剩下拜住一个人了。就这样，昔日的荣华开始冰消瓦解，直落得家破人亡的境地。

面对这种情况，孛罗想把拜住叫到自己家中来生活，不想三夫人却坚决不同意。平时，孛罗虽然对所有的姬妾都比较宠爱，但三夫人却是他唯一的受专房爱宠的女人，并且家中大小事物都交由她掌管着。她见其他姬妾的女儿全都嫁到了富贵人家做夫人，唯独自己的女儿要嫁给一个倾家荡产的人，她决心悔了这门亲事。速哥失里听说这事后，劝导父母说："结亲就和结义一样，一旦订立婚约，永远也不能改变。我并不是没有看见众姊妹家里的荣华与兴旺，内心也很羡慕她们。但是，我与拜住既然已经定了姻缘，骗得了别人却骗不了神明，我们怎么可以因为他家穷困了就抛弃人家呢？"父亲听信了母亲的话，也听不进女儿的意见，他们夫妇为女儿另外择定了平章政事阔阔出的儿子僧家奴做女婿，夫家送来的聘礼比拜住那次送的还要丰盛。到了结婚这天，速哥失里在过嫁的路上，偷偷地解下脚纱，在轿子里自缢死了。轿子抬到夫家，掀帘一看，速哥失里早就断气了。三夫人派人把爱女的尸体运了回来，把嫁妆和夫家送来的聘礼全部装进棺材，暂时停放在清安寺里。拜住听到这个消息后，心情非

常悲痛。他连夜赶到清安寺哭灵,他边拍着棺材,边哭着说:"拜住在这里,拜住在这里。"哭了好一阵,他突然听见棺材里传出话来说:"快打开棺材,我活了。"拜住简直不敢相信这意外的惊喜,他看了看棺材的四角,见它被封得非常牢固,没法打开。于是找到了寺里的和尚,跟他商量说:"麻烦你帮我把那棺材打开,如果有谁怪罪下来,开棺的罪责由我一人承担,保证一点儿也连累不到你。打开棺材后,里面的财富我们对分,怎么样?"这和尚早就听说棺材里有很多的陪葬品,在财富的诱惑下,他用斧子劈开了棺盖。速哥失里果然活着,两人相见格外惊喜,于是如约摘下镯子和其他首饰,分了一半给和尚作为酬谢,剩余的财富还可以值几万贯钱。随后嘱咐和尚仍把棺材封好,并不得走漏消息。

拜住领着速哥失里高高兴兴地来到了上都开平府。在这里,他们一住就是一年,没有人知道他们的来历。由于来时带来的财富较多,加上拜住给一些蒙古学生教课,每月都有不少的薪俸,因此,小两口过得很宽裕舒适。

话说速哥失里的父亲孛罗,因为在宣徽院的任期已满,后调任开平府尹。他刚刚到任,便迫不及待地物色塾师。可是,在这里能够胜任的儒生却很少。后来有人向孛罗报告说:"一年前,有一个书生带了家眷从京城到这里来定居,也是色目人,在民间授业讲学,学问非常高。大人要请塾师,我想这个人一定是比较合适的人选。"第二天,孛罗便派人去请,等这人到来一看,竟然是拜住。孛罗猜想拜住或早已流浪而死了,不想他今日却穿戴整齐地出现在眼前,心中很是奇怪,便问他说:"你怎么会到这里来了呢?听说你是带着家眷来的,不知娶的是谁家女儿?"拜住便把实情告诉了孛罗。孛罗哪里敢信,急忙派轿去把他家眷抬来,出轿一看,果真是自己的女儿速哥失里,全家大小又惊又喜。然而孛罗仍不敢信,他怕她是鬼变成人形出来迷惑年轻男子的,于是暗中派人速去清安寺调查,打听到的情况与拜住说的一模一样,又打开棺材一看,里面果真什么也没有了。查看的人急忙回到孛府,报告了调查结果。孛罗夫妇这才满面愧色,觉得对不起他们。于是,择定吉日,大摆了筵席,把拜住招为入赘女婿。此后,孛罗夫妇非常看重拜住,后来拜住老死于岳父母家。

拜住与速哥失里共生有三个儿子:大儿子教化,官至辽阳等地行中书省左丞;第二个儿子忙古歹,第三个儿子黑厮,均为宫廷护卫,黑厮后来还做了枢密使。

刘翠翠生不相从死相从

刘翠翠是元时淮安一个普通人家的女儿。她生来聪明伶俐,五六岁时就能背诵诗文,父母看她聪明好学,就把她送进了私塾。

同学中有一个姓金的男孩子,名定,也很聪明,并且与翠翠年岁一样。同学们开玩笑似的对他们说:"男女同岁就应该做夫妻。"事实上他俩也于私下以夫妇相待。金生曾在送给翠翠的一首诗中写道:

十二阑干七宝台,春风到处艳阳开。
东园桃树西园柳,何不移教一处栽?

翠翠读过诗后,也写了一首诗,回答他说:

平生每恨祝英台,凄抱何为不肯开?

我愿东君勤用意,早移花树向阳栽。

后来,翠翠逐渐长成了一个水灵灵的少女,父母便不再让她上学。十六岁这年,父母说要给她找婆家,每每提及此事,她都哭而不语,茶饭不思。父母多次问她有什么心事,她才害羞地说:"我已经许婚给西邻家的金定了,非他不嫁,你们如果不依我,我就一死了之,反正我是铁了心不登别家的门。"父母也真没办法,就依了她。然而刘家富,金家穷,尽管金定聪明俊俏,可门户不对,等翠翠父母请了媒人去金家提亲时,金定的父母果然以家境贫寒,不敢高攀回绝了。媒婆说:"刘家那闺女说了,她非要嫁给金定不可,她的父母也答应了这门亲事。如果你们以家境不好来推辞的话,那么太辜负人家的一片诚意了,也失掉了一门好姻缘啊!依我看,你们可以这样回答刘家:'我们小户人家的孩子,也还能知书达理,贵府来求婚,怎敢谢绝呢?只是出身于蓬门荜户,长年过惯了苦日子。如果要求准备丰厚的聘礼,举行隆重的结婚仪式,恐怕操办不起。'刘家为了自己这个心爱的女儿,我想他们一定不会计较这些的。"金家觉得这个主意很好,便同意这样回复。媒婆又去刘家回话,翠翠的父母果然大度,他们说:"单凭财礼多少决定女儿婚姻大事,那是不明事理的人的做法。我们只要能挑一个好女婿就满足了,不要求其他条件。我们在想,如果金家同意,不如让金生入赘到我家来好了，免得金家穷，女儿嫁过去日子不好过。"媒婆又回复金家，金家满心欢喜，也同意了婚事。于是选了黄道吉日就成了这门亲事，喜事之中所用钱、物均由刘家备办。金生入赘过门，行过交拜礼，与翠翠相见，自然非常高兴。此后夫唱妇随，小夫妻俩恩恩爱爱，日子过得倒也快活。夫妻俩就好像那高空中翱翔的双双孔雀，绿水中嬉戏的一对鸳鸯，真是举案齐眉，无人相比。

然而好景不长，就在这年，张士诚兄弟在高邮起兵，攻占了淮河两岸的许多地方，翠翠被张士诚的部下李将军抢去了。到了元顺帝至正末年，张士诚的势力愈加强大，长江两岸及浙西一带都控制在他手中。到此时为止，张士诚才表示愿意归顺朝廷，南北交通才完全畅通。金定便辞别了双方父母，南下寻找妻子，并发誓找不到就不再回来。他走到平江时，听说李将军在绍兴担任军事长官。待他赶到绍兴，李将军已调往安丰驻守去了。他又急急忙忙地赶去安丰，不料李将军又调去了湖州驻守。金定在江淮这一带来回奔波，苦不堪言，时间也一年一年地过去了。金定身上的盘缠没有了，但他要找回妻子的决心依旧未改变。金定没有别的办法，就靠乞讨度日，白天赶路，晚上就睡在野地里，终于赶到了湖州。这时候，李将军已是权重势显之人，府门自然森严。金定来到他的府门前，犹豫再三，还是不敢进去；问也不敢问，于是偷偷地往里看。门卫见他形迹可疑，便上前盘问。

他告诉门卫说:"我是淮安人,动乱以来失散了一个妹妹,听说就在贵府里,所以不远千里赶来,想见她一面。"守门人说:"那么,你叫什么名字?你妹妹今年有多大岁数?长的什么模样?希望你详细说来,我好帮你确定是否有这么一个人。"金定说:"我姓刘,名金定,妹妹名翠翠,能识诗文。当初我们失散时,她才十七岁,至今也该二十四岁了。"守门人听了说:"府里确有一位姓刘的夫人,长相、年岁和你说的一样。她不但能识诗文,而且聪明贤惠,很受李将军宠爱。你说的如果全是真话,就暂时在这里稍候,我去给你通报一声。"不一会儿,守门人回来领金定进府。李将军坐在厅上,金定行了礼,起身从头至尾述说了进府的缘由。李将军乃一介武夫,对他的话深信不疑。当即让童仆进去告诉翠翠说:"你哥从老家来这里看你,你可以出来见见他。"翠翠奉命出来,以兄妹之礼在大厅里与金定见面,除了询问父母的身体情况外,其余的话一句也说不出来,只是相对悲伤流泪而已。李将军说:"你远道而来,想也很累了,你暂时先在这里歇息一会儿,回头我帮你安排一个住处。"于是令人拿出一身新衣给金定换上,后收拾了府门西边的一间小书房,让金定住了下来。

第二天,李将军问金定:"你妹妹能文识字,你也懂一些诗书吗?"金定回答说:"我在乡里时,以教书为生,以诗书为言行的依据,经、史、子、集我都略知一些;诗书是

我日常的功课，想也不太疑难。"李将军听了非常高兴地说："我从小失学，乘天下之乱而起兵称雄。现正受朝廷重用，追随我的人很多，常高朋云集却无人接待，书来信往没人处理。既然你会诗能文，那么你就留下来做书记员好了。"金定本是一个聪明人，并且性格温和，才思敏捷，留下之后，处事非常谨慎。他无论是侍奉高官还是接待下属，都很礼貌周全，每次代李将军草拟信文都颇能体现主人意图。李将军便更是喜欢他。

然而金定并未忘记初衷，他是为寻妻而来的。自初入李府见过翠翠一面之后，便再未见着。后府闺房深重，内外隔绝，金定这满腔的离愁别绪就是没有机会向妻子倾诉。时间真快，转眼他已来了几个月，天气寒冷，已到了九月。这天傍晚，秋风一阵紧似一阵，夜露已凝聚成了斑斑白霜。金定独自坐在凄清的小屋里，长夜难眠，于是提笔在手，写了这么一首诗：

　　好花移入玉阑干，春色无缘得再看。
　　乐处岂知愁处苦，别时虽易见时难！
　　何年塞上重归马？此夜庭中独舞鸾！
　　雾阁云窗深几许？可怜辜负月团圆！

写完之后，他便把它抄在一张小纸片上，折好塞进棉衣领中缝上。然后拿出一百文钱交给小童仆,对他说:"天气冷了,我身上的衣服还很单薄,请你把这件棉衣带去交与我妹妹,让她帮我洗净缝好,我好穿着过冬。"小童仆按他的意思把棉衣送给了翠翠。翠翠明白其中用心,便拆了衣领取出诗来,看完之后,很是悲伤,只是流泪,却不敢出声。于是也写了一首诗,缝在衣领内转给金定。诗中写道:

一自乡关动战烽,旧愁新恨几重重!
肠虽已断情难断,生不相从死亦从。
长使德言藏破镜,终教子建赋游龙。
绿珠碧玉心中事,今日谁知也到侬!

金定读罢来诗,知道翠翠决心以死殉情,今生今世夫妻重圆已无希望了,此后更是郁郁寡欢,不久便积郁成疾。翠翠哀求李将军,才被允许到床前探望一次,这时金定已经病得很严重了。翠翠来到床前,搀扶金定坐起。金定伸着脖子侧头注视着她,眼眶里盛满了泪水,没有说话,只听他一声哀叹,便气绝身亡。李将军对金定很是同情,把他埋葬在道场山脚下。翠翠送葬回来的当晚也得了病,但她拒绝吃药,在病床上挣扎了一个多月。一日清晨,她对李将军说:"我离开家跟从你已经八年了。这八年中,我随你颠沛流离,身边一个亲人也没有;好容易哥哥来了,如今又死了,我的病

肯定不能好了。我只想请求你，在我死后，把我的骸骨埋在我哥哥墓旁，使我在黄泉之下也好有个依靠，以免做他乡孤鬼。"说完便断了气。李将军见她已死，便按照她的意愿，把她埋葬在金定坟墓的左边，就像两座并排的小土丘。

大明洪武初年，四年前自立为王的张士诚屡被朱元璋击败，后被俘至金陵，自缢身亡。翠翠家原有一个仆人，改行做了商贩。一次，他经商路过道场山，忽然看见槐柳绿荫的掩映之中，有一所朱红大门的华丽宅院，翠翠与金定正并肩站在门前。他们见他来了，便急忙把他请进院中，详细询问他们双亲及乡里旧时等情况。仆人问他们："你们怎么会在这里？"翠翠说："起先由于兵乱，我被李将军抢来。后来金郎找到了我，李将军不加阻拦，把我还给了他。于是我俩就寄居在这里了。"仆人说："我现在要回淮安，姑娘不妨给家中写封信让我捎去。"翠翠留他住下，用好酒好菜招待他。第二天早晨，翠翠写好了信，信中将自己与仆人说的话写了一遍，并表示希望得到家中的消息。封好之后，让仆人带走了。

父母收到翠翠的信后，喜出望外。她父亲随即雇了一条船与那位仆人一同前往浙江，直奔湖州。待他们到了道场山下仆人前次留宿的地方一看，哪里有什么华丽屋舍，只见眼前是迷迷茫茫的一片野草，到处都是狐走兔奔的足迹，高出一点儿的也不过是两个并排的土丘。正当他们迷惑不解的时候,一个云游和尚扶着锡杖走了过来。他们便迎上去打听。和尚告诉他们说:"这是李将军埋葬的金生和翠娘的坟,哪里会有人居住呢?"他们听了大吃一惊,连忙掏出翠翠写的信来,竟变成了一张白纸。这时,李将军已被朝廷杀死,事情的前后经过无法问知了。翠翠的父亲在坟前大声痛哭起来:"你用信把我从千里之外骗来,为的是想见我一面,是吧?现在我来了,你却已去无踪影。既然活着时我们是父女,你死了又何以与我疏远呢?你如果在天有灵,也让我见你一面,以除心中惊疑。"这天夜里,他们就露宿在坟地。三更之后,只见翠翠与金生双双跪在眼前,哭号不已。翠翠的父亲也哭着劝慰他们,翠翠这才原原本本地把事情的经过告诉父亲,她说:"当初,乱军番将把我抢去,我背井离乡,忍辱偷生。可恨我如花似玉的柔弱身体,匹配给庸俗粗鲁的可憎小人。他终日里只知道追欢买笑,夺人姬妾,哪里顾得上我呢?真是上天无路,下地无门,每过一天仿佛三年那么漫长。金郎不忘旧情,不远千里来找我,并假托兄妹关系,才仅能见上一面。夫妻被隔,彼此衷肠难诉。他得了重病先死了,我含冤负屈也接着捐生。我请求把我们合葬在一起,所幸得以同归幽冥,情况大抵就是这样。"父亲说:"我来这里,本想接你们回去,以侍奉我和你母亲的晚年。如今你们既然已经去世了,那么就让我把你们的骨骸迁回祖坟去吧!"翠翠哭着说:"孩儿生前就很不幸,不能在父母跟前

早晚侍奉；死后也没有缘分，不能归葬故乡墓地。然而人死以静为好，灵魂以入土为安，如果再迁坟动土，反倒会带来不必要的劳累和纷扰。再说这里山清水秀，草木繁茂，既然已经安顿下来，我不愿意再迁徙了。"说完抱着父亲大哭。刘父于是惊醒过来，原来是一个梦。

第二天，刘父用酒肉在他们的坟前祭奠了一番，便与旧仆调转船头回淮安去了。

续前缘绿衣女死后还魂

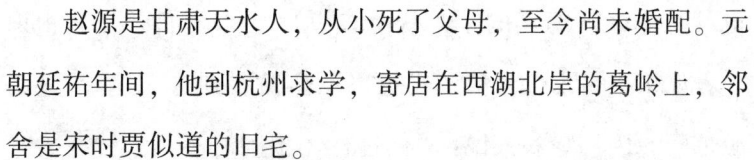

赵源是甘肃天水人,从小死了父母,至今尚未婚配。元朝延祐年间,他到杭州求学,寄居在西湖北岸的葛岭上,邻舍是宋时贾似道的旧宅。

一天晚上,赵源独坐无聊,便出门散步。忽见东面走来了一个女子,身穿绿衣,大约十五六岁,容貌十分动人,赵源不由得看傻了。第二天晚上,又是如此。这样过了好些天。一次,赵源笑着问她:"你家住在哪里,怎么天天晚上到这儿来呀?"女子行过礼后,笑着说:"我家与你相邻,只是你不知道而已。"赵源试着与她调情,她也高兴地回应,于是在赵源处留宿了一夜,两人十分欢爱。第二天早晨女子离去,天黑又来,如此过了一月有余,彼此感情十分亲密。赵源问她姓名、住所。她说:"你只要得到一个漂亮的妻子就可以了,何必一定要知道这些呢?"赵源再问,她便说:"我常穿绿衣服,你叫我绿衣人好了。"却始终不肯告知他

自己的地址。赵源料定她是富贵人家的婢妾,趁夜偷偷出来的,害怕事情暴露,因此不肯告诉他。既是如此,赵源也就深信不疑,对她更是宠爱万分。

一夜,赵源喝了些酒,指着她的绿衣服开玩笑说:"你真像古人所说的绿衣黄裙的婢女啊。"绿衣人听了很不高兴,此后好几天没来。等她再来时,赵源问她原因,她说:"我本想与你白头偕老,可你却把我当婢女来看待,真让我难为情!所以我很多天都不敢再来见你。现在你既然知道了,我也没有什么好隐瞒的了,就全告诉你吧。我们已是老相识了,如果不是出于爱情,我想也不会发展到这一地步。"赵源忙问原因,绿衣人说:"你这样刨根问底不是太让我为难了?我实际上不是人,但也不是什么祸害。也许是命中注定了的,我们的旧情没断。"赵源非常惊异地说:"这到底是怎么回事?"绿衣人说:"我本是宋末贾平章的婢女。生在杭州一户清白人家,从小擅长围棋。十五岁时,进贾府做棋童。每当贾平章下朝回来,去半闲堂宴饮时,一定让我陪侍下棋,因此很受宠爱。当时,你是他家的男仆,专管煮茶,每次送茶就有机会进入后堂。你那时年轻貌美,我对你一见钟情,便偷偷地送了一个绣罗钱包给你,你也回赠了一个玳瑁脂粉盒给我。我们虽然已有了那份情意,但贾府内外有别,并且管教甚严,我们没有机会互吐心曲。后来有人发觉我们的情况后,报告了贾似道。于是我们受到惩罚,双双死在西湖断桥之下。如今你已转世人间，而我仍为阴间之鬼，这岂不是命运所决定的吗？"说完低声哭了起来。赵源也很伤悲，过了半晌才说："既是这样，那么我俩乃是再世姻缘，更应相亲相爱才对，以完成前世的夙愿！"从此以后，绿衣人就日夜与赵源在一起，夫妻恩爱，好不快活。赵源本不怎么会下围棋，绿衣人便教了他一些秘诀，使他大有长进，乃至后来，连那些著名的围棋高手也下不过他了。

每当提及贾似道的旧事时，凡是她亲眼见过的，都能说得出来。她曾说了这么几件事：一天，贾似道在楼上观赏西湖景色，姬妾们都在旁边侍候。恰在这时，有两个头戴黑方巾、身穿白衣服的人乘小船从湖边上岸。一个侍妾赞美说："好英俊的两个青年。"贾似道说："你愿意嫁给他吗？我可以让他给你送聘礼来。"侍妾笑而不答。过了一会儿，贾似道让人捧过一个盒子来，把姬妾们都叫到跟前说："这是刚刚给她送来的聘礼！"他把盒子打开，大家一看，原来是那个侍妾的头，众姬妾都吓得瑟瑟发抖，退了回去。还有一次，贾似道用几百条大船装盐到城里集市上去卖，有个太学生作诗讽刺他说：

虽然要作调羹用，未必调羹用许多。

贾似道听到后，立即把这个太学生抓去审问，以诽谤的罪名判刑。贾似道在浙西一带还推行过与民争田的公田法，老百姓被他害得叫苦连天。有人便在大路边题了这样一首诗：

襄阳累岁困孤城，豢养湖山不出征。
不识咽喉形势地，公田枉自害苍生。

贾似道见了之后，便派人把这题诗人搜捕归案，并把他流放到了边远地带。后来，贾似道有一次要供一千个道士吃斋饭，人数凑齐之后，门外又来了一个衣衫褴褛的道士，要求吃饭。由于人数已够，主管便不准他进门。但道士坚持要吃，不肯离开。主管没办法，只好让他在外面吃。这道士吃完后，把钵反扣在桌上，转身就走了，可是大家用尽了气力都不能把钵翻转过来。众人便把这件事报告给贾似道，他亲自来到现场，只见他一翻便翻了过来，桌上有两句诗写道：

得好休时便好休，收花结子在漳州。

大家这才知道刚才乃神仙降临，只是没有一人能认得出来。但无论大家怎么想，这"漳州"二字，却没有人能解其含义。后来贾似道谪配漳州，在木棉庵丢了脑袋，这是当时谁也没有想到过的。还有一次，一个船夫停船在西湖苏堤下，时值天气闷热，船夫躺在船尾怎么也睡不着。突然发现三个不到一尺高的人坐在沙滩上，其中一人说："张老翁就要来了，怎么办呢？"另一个人说："贾似道无情无义，他绝不会饶了我们的。"第三个人说："我就要完了，你们将会亲眼看到他的失败与死亡。"说完，三人边哭边跳入水中。第二天，渔夫张老翁在这里捕到了一只大鳖，身长两尺，张老翁便把它献给贾府。不出三年，贾似道便真的死了。可见精灵们都能先知先觉，命中注定了的事谁也无法逃避。

赵源听她说完，便问她说："照你这么说，那么我们今天能在一起生活也是命中早已注定的了？"绿衣人说："不错。"赵源又问："你的灵魂能像现在这样永远地活在世上吗？"绿衣人说："运数到了，便就完了。"赵源问运数于她是多少年。她回答说："不过三年！"赵源说什么也不相信。

然而，三年一到，绿衣人果然卧病不起了。赵源想为她请医生，她不让赵源去。她说："我以前都已经和你讲过了，命中注定我们夫妻的缘分只有三年，如今到期，我们的夫妇生活也该结束了。"说着，她伸出那双玉手紧紧地握着赵源的胳膊说："郎君，我非常感激你的错爱，是你使我有机会能够以幽冥之体和你生活在一起，三年来我们夫妻好不恩爱。再想想那时在贾府，我们之间因为有了那么一点点思慕之情，便惨遭溺死。此后，即使是海枯石烂，我的怨恨也不

会停止;即使是地老天荒,也止不住我对你的思恋。我们的真情也不会就此泯灭。如今我们有幸找到了机会,补足你我前世注定的恩爱,实现了前生的誓言,我们在这里做了三年的夫妻,也应该很满足了。请允许我就此离你而去,你不必牵挂我,你要多保重自己。"说完,脸朝里躺下,赵源再三呼叫均无反应,她已经死去了。赵源悲痛异常,他买了一副上好棺材安放她的遗体。将要下葬时,大家突然发现棺材变得很轻,心中很是奇怪,打开一看,原来里面只剩下衣被首饰之类的了。于是把棺材虚葬在北山脚下。

　　此后,赵源因感念绿衣人的恩爱之情,不再另娶,投奔到灵隐寺当和尚去了,直到去世。

断桥情文世高破镜重圆

元朝时,有一士子,姓文,名世高,字希颜。他从小天资聪明,勤学好问。但由于元朝轻视文人,因此,有志之士都不去做官,纷纷归隐山林,作些词曲聊以度日。文世高也因受这一观念影响,淡薄功名,醉心于诗酒享乐。

到了元顺帝至正年间,他已经二十多岁了。因慕西湖景色优美而来杭州,在钱塘门外昭庆寺前找了一所干净的书院,安顿了行李、书籍,便整日去湖上戏游。一次,他正信步前行,不觉到了断桥左侧,忽见竹林中现出一门,门额上有一匾,上书"乔木世家"四字。世高缓步而进,觉得绿槐修竹清荫欲滴,池内莲花馥郁,分外可人。世高见景致极佳,不觉眷恋良久。只听有人娇声娇气地说:"多美的一个青年!"世高抬头一看,只见池塘左侧、台榭东面的小楼内

世高想进而不敢,只好慢慢地退出来;他想去邻家打

听,但又不好轻易动问。正好看见花粉店中坐着一位老妇人,世高走近前,谨慎地说:"老娘娘,借宝店坐一坐。"老妇人说:"相公但坐不妨,只是没有好茶招待你。"世高见老妇人说话和蔼,便问:"老娘娘贵姓?"老妇人说:"我娘家姓李,嫁与施家。先夫去世十年了,只生有一个小女。因先夫排行第十,人称我为施十娘。但不知相公贵姓,住居何处,到这里来有什么事呢?"世高说:"我是苏州人,姓文。因慕西湖山水,特来此一游。"施十娘说:"相公特来游览西湖,想也知趣。"世高见她通文达礼,便忍不住问她说:"老娘娘,前面那高门楼,是谁家住宅?"施十娘说:"是本地官人刘万户的家。只可惜这样的人家,却没有接代的儿子,只生得一个女儿秀英,今年已十八岁了,还未受聘。"世高故意装作吃惊的样子说:"男大当婚,女大当嫁。若论年纪,到了十八岁,就是小户人家的女儿也都嫁了,何况官家女儿?"施十娘说:"相公有所不知,刘万户因为女儿聪明伶俐,能诗善赋,便特别珍爱,不肯把她嫁给平常人家;一定要她嫁给读过书并可以考取功名的人,招纳入赘,为他支撑门户。所以高不成,低不就,把青春给错过了。"世高说:"老娘娘,可曾见过小姐?"施十娘说:"我与她是近邻,时常卖花粉给她,自然见过。"世高听完,心想:太好了,今日暂且不提。于是说了声"打扰",便起身返回。他想:这门亲事这老妇人或可以帮忙,想她平时靠卖花粉过日子，家境肯定不会太宽裕，我得破些钱钞，说些好话，或许可以请得她帮忙。

这天夜晚，世高靠在床头，又想起了那秀英小姐，心里说："她是闺门女子，如何就肯轻易开口称赞我？她既称赞我，一定是对我有意思，何况又说的是'多美的一个青年'，更可以证明这一点。"这样翻来覆去地想，也就睡不着了。忽然，不知道为什么，他竟到了城隍庙，他一门心思想着秀英小姐，于是就跪在城隍庙前祷告说："不知世高与刘秀英，有婚姻之缘没有？"城隍吩咐判官查他婚姻簿籍。判官查出后呈上，城隍看了，便提起朱笔，写了四句递与文世高。世高仔细一看，只见上面写道：

尔问婚姻，只看香勾。

破镜重圆，凄惶好逑。

正当世高细细品味之际，旁边判官高喝一声，世高当即惊醒，原来是南柯一梦；后一思量，觉得这梦也奇怪，但"破镜重圆，凄惶好逑"二句，其中有合而离、离而合的意思，因此也就想先成了亲再说。

天刚亮，他就带了两锭银子，来到施十娘店中。施十娘见他来便问："相公，今天有什么事又来了？"世高说："有件事想请老娘娘帮忙。"施十娘说："什么事？如果我能办

得到,自然相帮。"世高取出银子塞与施十娘,说:"我没有娶过妻妾,想请老娘娘做个媒人。"施十娘明白他是冲秀英来的,便故意说:"相公看上哪一家小姐,要我做媒?"世高说:"就是昨天与老娘娘说的那位刘秀英小姐。"施十娘说:"若是别家,还可以照办;如今你说的是刘家,这事实在不敢照办。只因刘万户生性固执,所以推迟至今。多少在城做官的向他家求亲,尚且不同意,何况你还是一个外乡人?不是我说你,你不过是个穷书生,他们如何会答应你?因此,你的惠赐我不敢要。"说着便要还他银子。世高见状,忙说:"老娘娘,你且收着,我还有一句话要说。"便悄声将昨天的事细细地告诉了老娘娘,让她先去见见刘小姐,见机行事。施十娘听了,笑着说:"刘小姐若没这句话,你还真别想。如真有这话,我自然去一趟。但你可不要撒谎,如撒了谎,我岂不是惹上了大罪?她肯定会认为我在轻薄她,日后再难见她的面,这可不是闹着玩的,你可不许说空话。"世高说:"我若说谎,天诛地灭。"施十娘见他发了咒,想也不是撒谎,便改口说:"我特地为相公走一趟,看你有无这个缘分,如果有,自然是天遂人愿;如没有,你就别再痴心妄想,缠着我也没用。"世高点头称是。

再说这刘小姐自昨天见了文世高之后,也放他不下,心里在想:"我看他相貌脱俗,一定不是寻常之辈。如果能与他夫妻偕老,也不枉我这一双识英雄的俊眼儿。我今年都十八岁了，若不嫁给这样的人，还想找什么样的人呢？但我爹爹执意要把我嫁给有权势的人，岂不知有权势的人也是从贫贱做起的。拣到如今，白白地把我青春给耽误了，岂不可悲！但又不知昨日所见的那位青年是谁，生怕又错过了，日后难逢。"如此一想，自然心思难定。

就在这时，施十娘提了花篮来到刘家，见了老夫人。老夫人说："施妈妈，好久不见了。"施十娘说："因家里穷忙，没有时间来看望老奶奶和小姐。今日新做得几枝好花儿，送来给小姐戴。"老夫人说："我家小姐正思量你的花儿戴，你来得正好！"吃了茶，十娘就来到小姐闺房门口，掀帘而入。只见小姐倚着栏杆，无精打采的样子。十娘上前去行礼招呼。刘小姐这时正在想那青年，不知施十娘来了，听见她行礼招呼，方才转身还礼说："妈妈为什么这几天都不来看我？可有什么新巧花朵吗？"施十娘忙取出花来放在桌上，并选了一朵喜踏连科的金枝金梗的好花，插在小姐头上，说："但愿小姐日后嫁个连中三元的美男子，带挈我也喝杯喜酒，好不好？"小姐笑了笑，随便十娘帮她戴花。

一会儿，丫鬟春娇送了茶来，施十娘接茶在手，顺口说："我今天喝了小姐的茶，不知哪天喝小姐的喜酒哩！经常得小姐的好处，一点儿也没报答，我一直记在心上。往后如果能帮小姐做得一个好媒，我方才放得下心。"小姐也不怪她。施十娘见房中无别人，便走近小姐身边说："小姐，

我有一句不知进退的话,若不怪我多嘴,我才敢说,否则,我就不说了。"小姐说:"妈妈,您是老人家,如何怪您?有话您说就是了。"施十娘便悄声说:"小姐,你昨天在楼上可曾看见一个青年男子吗?"小姐脸色微红,慢慢地说:"没有。"口中虽然答应,但甚是漫不经心。施十娘见她没有嗔怪的意思,想她是见过的,便说:"你不要瞒我。那青年今天特来见我,说昨天见了小姐,小姐称赞他为美男子,可有这事?"小姐不觉满面通红,不再作声。施十娘知道其中的奥妙了,便说:"那美男子是苏州人,姓文,人品很好。小姐若能嫁他,日后夫荣妻贵,也不枉小姐芳容。不知小姐意下如何?"小姐低了头,微笑不语。施十娘见小姐这般模样,想来十有八九是同意了,便又说:"那文相公思念小姐,从昨天至今,一连来数趟,要我探听小姐的意思,不知小姐有什么需要说的没有?"小姐说:"没有什么话说,也不知他可曾婚娶……"便不再多说。施十娘接口说:"他说没有娶妻,所以求我做媒。依我看,他不是无情无义的人。论相貌,与小姐恰好是一对儿,不可错过这门亲事。小姐如果答应,我就去告诉他。"小姐点头,施十娘满意起身。小姐扯住她衣袂说:"老妈妈小心谨慎!"施十娘说:"知道了。"出来见了老夫人说:"小姐还要几枝好花儿,明天再送来。"说完便走了。

回到店中,那世高早就等在那里了。施十娘把情况详细说了,世高很是高兴,他说:"我明日作一首诗,请老娘娘带去,或请她和我一首,或请她给别的信物一件,以定终身。"施十娘一一答应。

这夜无眠,第二天,世高一早起床,提笔在汗巾儿上写下七言绝句一首:

天仙尚惜人年少,年少安能不慕仙?
一语三生缘已定,莫教锦片失当前。

写完封好,急奔施十娘店中,交与施十娘。

施十娘藏了诗,又拣了几枝好花,来到刘家,见了老夫人说:"今儿选上几枝花儿,比昨日的还好,特送给小姐。"说完自寻小姐去了。小姐见她来,急忙施礼。施十娘见四周无人,便掏出那汗巾儿递与小姐。小姐展开一看,见是一首钟情诗。又见他文笔很好,更是爱慕,不觉多看了几遍。施十娘见她如此,就说:"小姐高才,何不和他一首?"小姐笑着说:"怎么和他最好?"施十娘说:"文相公还要向你请求送他一件信物,算是定情。"小姐听了,便亲自去箱里取来她亲手绣的一条花汗巾,在上题诗一首,诗中说:

英雄自是风云客,女儿蛾眉敢认仙。
若问武陵何处是?桃花流水到门前。

写完,递与施十娘。又取出绣鞋一只,作为定情信物。施十娘说:"你两个既是这般相爱,一定是前生有缘。但不知你们能在何时相会?"小姐说:"随便他什么时候来就是了。"于是两人又商量了来时路线等。临别时,小姐取金钗一股,送与施十娘说:"这金钗暂时算作谢礼,请不要嫌弃。"又叮嘱了几句,送她到楼门口。也正是:

情到相关处,身心不自由。

和盘都托出,闺阁惹风流。

施十娘急忙赶回店中,把定情的诗和作为见面凭证的绣鞋一并交与世高,以及如何相见也一并说与世高知道。世高真是有如平地登天,喜不自胜。细看汗巾上的题诗,不但情意缠绵,而且词采香艳风流,更是令人爱慕。再细看这绣鞋儿,忽然让他想起梦中在庙里得的那句"尔问婚姻,只看香勾"话来,不由慨叹地说:"真是好奇怪!"施十娘说:"有什么奇怪?"文世高便把梦中之事说了一遍。施十娘说:"这是前世注定了的姻缘,不然,你们不会一见面就如此倾恋。"

好容易挨到黄昏,文世高换了新衣,悄悄来到施十娘家中等候。不多久,只听得墙头有秋千索放过来。施十娘扶了文生，沿索而上墙头，不想他一时紧张，错攀了一枝枯树枝，正想跨到石上，只听"吱呀"一声，枯枝断了，文生从空中跌在石峰上，立时丧命。只道是：

　　　　两地相思今会面，谁知乐事变成悲。

　　施十娘见文生跨过了墙，料想他已落到了安全地方，便关上门睡觉去了。小姐见文生已上墙头，正想迎接，谁知他跌了下来，怎也不动弹了；她急忙走近一看，只见他牙关紧咬，手足冰冷，气息全无。小姐急得浑身发抖，两泪交流：一则恐明天早晨父母看见尸首，追查起来，遣责难逃；二则文生因自己而亡，自己岂有独活之理？千思百想之后，便用秋千索自缢而死。

　　再说春娇这丫鬟，原来是一个比较粗心的懒丫鬟，每天清早，小姐几次叫她，她都不会立刻起来。昨晚，小姐心里有事，让她先睡，所以她也不知小姐自缢的事。快早饭时，老夫人不见春娇出来倒洗脸水，便上楼去叫春娇，说："这个时候了，你还不拿洗脸水来给小姐洗脸？"那春娇从梦中惊醒，见老夫人亲自来了，不觉呆了。老夫人只以为小姐贪睡，口里说："女儿，你也忒娇生惯养了，这时候了还不起来，莫非身体有什么不舒服？"说了半天不见女儿回答，便急急来到床前一看，不见了人影。忙问春娇："小姐在哪

里?"春娇梦还未醒,自然不知。老夫人下楼四处寻找,只见楼台石上,死有一男子;抬头一看,只见女儿在树上吊着。一时吓呆了,只有口里不住地喊:"怎么好,怎么好!"急叫春娇把小姐抱起,她将秋千索子解了,放小姐下来,可小姐已死了。老夫人慌忙跑到房里告诉刘万户。刘万户听了,面如土色,又急忙与夫人去到石边,看见两具死尸,哀叹一声说:"这种丑事,怎么处理?"细问春娇,才知是施十娘暗中安排的。刘万户对夫人说:"女儿已死,倒也算了,但这贼尸,怎么处理呢?这事是施十娘做的,必须叫她来想办法把贼尸弄出去。"于是悄悄地让家人去叫施十娘来。

这边,施十娘五更天时就站在后门头,等文生下来;等了半天不见秋千索子,心中七上八下,好生疑虑。忽然,刘家的两个人走到她面前说:"施妈妈,奶奶立等你说句话。"施妈妈一听,吓得面如土色,心知一定出事了,但又脱身不得,只好硬着胆子来见老夫人。

夫人说:"你为什么要害死我女儿?"施妈妈说:"这并不关我的事,都是小姐看上了文生,赋诗相约,自己做出来的。"夫人说:"如今两个都死了,怎么办?"施十娘听了这一句,连魂都被吓跑了,扭头向山石边一看,不禁失声痛哭起来。刘万户说:"你做的好事!谁要你哭?如今事已至此,无可奈何!我家丑事,岂可外扬?你说我怎么弄得这两具尸首出去才好?我怕家中仆人知道,人多嘴杂,不能保密。"

施十娘说:"我有个侄儿李夫,以卖棺木为生,他家有两三个工人。待我去叫他,晚上悄悄地抬一口大些的棺木来,把他二人共殓了,悄悄地抬到山里埋了,谁也不会知道。"刘万户与夫人都点头会意,拿出三十两银子给她说:"切莫声张,来抬扛的人,都不要与他们说真话,如做得干净,前情我也不计较你了。棺木须要黄昏人静后从后门抬进,不可让一人知道。凡事谨言,不可泄漏。"

到了晚上,施十娘打点停妥,让李夫一人入内把两具尸首放入棺木。老夫人也不敢大声哭,因疼爱这个女儿,虽有家资,死已无靠,于是将房中金银首饰尽放入棺内,方将棺盖盖上钉好。老夫人又赏了抬扛的人,令其悄悄抬出。抬到天竺峰下,掘好坑,把棺材放下后,李夫说:"你们辛苦了这半夜,该回去了,我受人之托,当把事办完,我待埋好了再回去。"

众人取了劳务费回去了。唯有这李夫心怀歹意,因入殓时,见老夫人将金银首饰放入棺内,大约也有三百金。李夫乃市井小人,何曾见过这么多宝贝?看看四周无人,便用铁锄把棺盖打开一条缝。因为他钉棺盖时就有偷窃之心,因此,在钉钉子时就没钉紧,这一撬自然开了。他把棺盖放在一边,正要伸手去小姐头上拔那首饰,忽听还转魂来的文世高的一声叹息。李夫只想是死鬼作怪,吓得手忙脚乱,掉头就跑,愈跑愈是心慌,愈是疑心身后有鬼追来,一连跑了四

五里地才放下心来。回头一看,并无人影。这李夫原不是经常偷坟的人,所以一惊便跑,哪里还敢再去。

棺中文世高还魂醒来,觉得浑身疼痛难当,又不知在什么地方,四周一片茫茫。只见星光点点,古木参天。当他发现自己躺在棺木里,身边还有一具女尸,心想必是秀英小姐了,于是文生抱着她,哭道:"我虽然是为你而死,但你不必因为我死了而死呀。如今既然生有情,死同穴,我也甘心了。"他刚想再度寻死,忽见秀英也活了过来,不觉大喜。

两人既醒,悲喜交集。秀英说:"今日死而复生,实出意料之外,这是天意不绝你我的姻缘。但我父母知我们已死,不会有再生的道理,不可以突然归去。不如我先跟你回苏州,隐居山林,清贫度日,怎么样?"文生点头说:"这样很有道理。"

两人从墓穴中出来。文生因跌伤,步履艰难,秀英只好搀扶着文生。她将棺内被褥打了一包,又将金银首饰收好,把棺木掩了,二人便携了包裹,一步一步走出山去,直到天亮才走到河边码头。文生雇了一条船,扶秀英小姐上船;并给了船家一些银子,买了些鱼肉酒果之类,烧了平安神福纸钱。大家喝了神福酒,才解缆开船前往苏州。也正是:

偷去须从月下移,好风偏似送归期。
傍人不识扁舟意,惟有新人仔细知。

这文生载了秀英小姐，就如范大夫载西施游五湖一般，一路上好不快活。

过了三日，船已到了苏州，文生先上了岸，叫来一乘轿子，两人坐轿到了家里。这文生父母早亡，他便是这个家的主人。于是叫来家中婢女收拾内房，买了花烛，两人拜了堂，喝了交杯酒，方才就寝。从此夫妻相敬如宾，日子倒也快活。

然而好景不长。至正十一年，元顺帝动用十七万民夫疏通黄河故道，一时民不聊生，人人思反。红巾军领袖刘福通起兵造反，一时天下大乱。刘万户被调入京。无奈之下，他只得同夫人打点进京，途经苏州，又值张士诚作乱，路途骚动。刘万户欲进不能，暂居吴门。

过了没几天，张士诚乘胜沿路侵犯苏州地面。文生在围城中也难生存，只好打点行装，携秀英随别人出逃，也投居在吴门。秀英远远望见一人，很像自己的父亲，便连忙对丈夫说："那是我父亲，不知为什么来到这里。我父亲不认识你，你可上前去问问他。"

文世高听妻子如此一说，便慢慢地踱到刘万户面前，拱手问好，并问："请问老先生是杭州人吗？"刘万户答道："正是。"文生又问："老先生贵姓？"刘万户说："姓刘，家下原系世胄。近因刘福通作乱，取进京调用，并家眷暂居这里。不意逢此兵戈满眼之际，不能前进，奈何不得！"

文生听了，回来对秀英说："果然是我岳丈，连你母亲也来到此地。"小姐听得母亲也在这里，急欲上前探望。文生劝她说："不可轻率从事。你我都是死而复生的人，恐一时遭人怀疑，反要惹麻烦，更为不妙，我们可以慢慢地想个办法。"小姐不好拂丈夫的意思，于是忍耐。然而母女亲情，如何勉强忍受得住。这天夜里，秀英住在父母隔壁，因想念父母不能入眠，不由哭出声来。刘万户夫妇细听这声音，好像自己女儿声音，心中怀疑，便急忙赶去，一看果然是自己的女儿。老夫人不管她是人是鬼，一把抱住大哭起来。唯有刘万户不信，以为她是鬼变的。秀英便把前事细说了一遍。父亲还是不信，秀英无奈，便让父亲派人去天竺峰下掘坟查看。及至派去查看的人回来，报告了棺材里已人去棺空，他才相信这是真的。夫人见女儿重新活了下来，喜不自禁。唯独刘万户见女婿是个穷书生，辱没了家谱，老大不高兴，几次要把文生赶走。只是战争扰攘，暂时容他在这儿住几天。

到了至正十三年六月，淮南行省平章福寿，打败了张士诚，会合伯颜、帖木儿等将领，一起进兵蕲水又打败了徐寿辉的起义军。此后道路才稍会顺通。刘万户恐久违王命，急于赶路，便携了夫人和女儿同上京城。文生也想同去，怎奈岳丈是个势利的老花脸，竟抛下文生，不许他同往。文生与妻子依依难舍，那刘万户见了，大发雷霆，立刻把女儿扶上车去，对文生说："我家累世不赘白丁，你既有志读书，必须名题金榜，方可答应你们成婚。"说完启程，如飞而去。气得文生号啕大哭，死去活来。但后来他一想："这老势利如此可恶，而我妻贤淑，即便是死也要相从。"于是徒步前往京城。

那时刘万户刚刚被启用，一时声势显赫。世高穷酸，到了京城后自然不敢进府。外面也没有一个可传消息的红娘，刘小姐怎么能知道文生在此。如今盘缠已尽，他也没有个居住之处，加上正值寒冬腊月、大雪纷飞天气，心中好不凄苦。文生冒雪前行，忽然见前面一提酒妇人颇像施十娘，便渐近她而去。施十娘见是文生，好生害怕，只啐了一口，连忙提壶往前跑去，口里还不住地念："观音菩萨！救苦救难的菩萨！"文生见她如此害怕，知道她疑心自己是鬼，便赶上几步说："施娘娘不用怕，我不是鬼，我有话对你说！"那施十娘心慌，也听不进他的话，见他从后面赶来，益发疑心他是鬼了；她走得急，不料地上雪滑，一跤跌倒，把酒壶儿丢翻在地，连忙爬起，那酒已泼出去了一半。文生忙上前扶住，说："老娘娘不用怕，我不是鬼，我不是鬼……"施十娘仔细一看，方才放下心来说："你不要说谎，我是不怕鬼的。"文生说："我确实是人，并没骗你。你不知道我还魂的原因，所以疑心。我与刘小姐都活了。"施十娘说："我不信。那棺材又是钉的，上面又有土盖了，你们怎么走得出来？"文生说："不知那时有什么人撬开棺木，要偷小

姐首饰，正值我气转还魂，那人被惊跑了。我见小姐尸首，便知她为我而死。"还把小姐还魂的经过，一并说了。施十娘说："如今相公进京有什么事？"文生说："谁知小姐父亲上京做官，驿中遇到了小姐。岳丈嫌我穷酸，竟强携了女儿进京，将我撇下。我便赶到这里等候消息。今天冒雪而来，又打听不到一点儿音讯，却正好遇着老娘娘。不知老娘娘为何到了这里？"施十娘说："自你们那日死后，我心慌惧罪，连夜与侄儿搬到别的地方去住。后因我女儿嫁了京城中人，我也就同女儿到这里过日子。相公既如此没法，何不到我家中，粗茶淡饭，暂住几天，怎么样？"文生正在窘迫之际，见施十娘留他，便跟她走了。走了不过数十家门面，便到了她女婿家。施十娘叫出女婿来见了，两人分宾主坐下。文生说了他的经历，施十娘的女婿感叹不已。

一会儿，施十娘把那倒剩的半壶酒烫了，并拿出两碟小菜与文生吃。自己就到外厢收拾了一间书房，叫文生将行李搬来。文生从此吃住全依仗施娘娘女婿家。文生本是不求闻达的人，因见世态炎凉，若不奋发图强，荣登巍科，怎么续完婚姻，以报刘小姐对自己的一片痴情？因此，他日夜攻读，学有上进。

那刘万户在京，人人都向往他的富贵，并知道他只有一个女儿，都来向他提亲。刘万户也不顾旧时女婿，竟要将女儿别许他人，好在秀英小姐死活不肯。父母苦劝，她便说：

"如果有人还得我香勾的,我就与他为婚。"刘万户无奈,只好作罢。

一天,黄榜高挂,文世高果然以其雄策奇才高缀巍科。那榜上明写着苏州文世高,刘万户却不知道是文生。只因当初瞧不起他,只知他姓文,根本不屑问他名字,所以不知是旧时女婿高中,又谅他那穷酸肯定不会有今天。

文世高高中之后,京人见他年轻有为,且无妻室,便纷纷前来与他议亲。他一概回绝,仍请来旧媒人施娘娘,取出小姐原赠予他的汗巾和香勾,递与施娘娘,请她到刘万户家去提亲,看他们如何答复。施十娘即刻领了文老爷之命,喜滋滋地来到刘万户府中。府中人见了,都又惊又喜。施十娘见了老夫人和小姐,仿佛做梦一般。她取出小姐诗句、香勾,并把文老爷圆亲之意都说了。于是合家欢喜,都说小姐慧眼识英雄,刘万户也转过头来说:"女儿眼力不差。"一面回复施十娘,择日成亲;一面高结彩楼,广张筵席,迎文生入赘。真是荣华俱来,富贵不尽。文世高是个大度之人,到了这地位,也不计较前事旧账。夫妻二人特别感激施十娘的帮助和义气,以金帛厚谢。此后,他们还时常帮助施十娘的女婿一家。

后来,张士诚攻破了苏州,文世高家业尽散,没有什么可以顾恋的了,因倾慕西湖,仍同秀英小姐回到断桥旧居,生活幸福美满,还享尽山水之乐。

遇薄幸王娇鸾百年长恨

天顺初年,广西苗蛮作乱,朝廷各处调兵围剿。被征调的各队中,有临安卫指挥王忠率领的一支浙江军,因过了规定的期限,王忠被贬至河南南阳卫中千户所任千户。王忠接旨之后,当天就带着一家大小前去上任。这王忠已六十多岁,生有一个儿子叫王彪,非常骁勇,督抚便把他留在军中效力。王忠还有两个女儿,大女儿叫娇鸾,小女儿叫娇凤。娇鸾今年十八岁,娇凤十六岁。娇凤从小被寄养在外婆家,与表兄对了亲,而娇鸾则没有许配人家。王忠的夫人周氏,原为继室。周氏有个亲姐姐,嫁在曹家,后丈夫死了,家里也就穷了,周氏便把她接了过来与外甥女娇鸾相伴,全家都称她为曹姨。娇鸾从小熟读史书,能下笔成文。因为是被特别宠爱的女儿,对于选择婆家是比较谨慎的,因此,到了年龄还未出嫁。她常常临风感叹,对月凄凉。只有曹姨与娇鸾比较贴心,知道她的心事,除曹姨之外,连父母也不知道。

一天，清明节快到了，娇鸾和曹姨带着侍儿明霞到后园打秋千玩耍。正玩得高兴，忽然看见墙缺口处有一俊美少年，紫衣唐巾，伸头往这儿看，并连声叫好。吓得娇鸾满脸通红，推着曹姨匆忙赶回闺房去了，侍儿也自然跟回。那俊美少年见园中没人了，便越墙进来，秋千架子还在，余香依稀犹存。少年正在凝思，忽然看见草中有一件东西，拾起来一看，是一条三尺线绣香手绢。他如获珍宝，听见有人自屋里出来，便赶忙重新跳墙出去了，但仍立在墙缺口处。伸头一看，是侍儿寻手绢来了，他见侍儿在那转来转去，人都找累了，便笑着说："小娘子，手绢已在别人手里了，你到哪儿能找到？"侍儿抬头见墙缺处是刚才那位秀才，便上前道了个"万福"，说："相公想已拾得，请求你把它还给我，当感激不尽！"少年说："这手绢是谁的？"侍儿说："是小姐的。"少年说："既然是小姐的手绢，还得小姐来讨，才能还她。"侍儿说："相公家住什么地方？"少年说："我姓周名廷章，苏州府吴江县人。父亲现为南阳卫儒学教官，我随我父亲来到这里，与你们仅一墙之隔。"侍儿说："贵公子既是近邻，失敬了。我当告诉小姐，再奉命相求。"廷章说："敢问小姐及小娘子尊姓大名？"侍儿说："小姐王娇鸾，是我家主人的爱女。我是她的贴身侍儿明霞。"廷章说："我有小诗一首，请你送与小姐，我便把手绢还你。"明霞本不肯送，因想要回手绢，只好答应。廷章说："烦请小娘

子稍等。"廷章去了一会儿,拿着诗来了。明霞接诗在手说:"手绢呢?"廷章笑着说:"手绢是珍物,得来不易,岂可轻易还你?小娘子请先将这诗送给小姐看了,等小姐回过话后,我才能还你。"明霞无奈,只得转身回报小姐去了。

这边娇鸾小姐自见了那俊美少年,虽然一时感到羞怕,但却挑动了她的情思,嘴上不说,心下却在想:好一个俊俏郎君!如果能嫁给他,也不枉聪明一世。正想得入神,忽见明霞愤愤而来。娇鸾问:"找到手绢了吗?"明霞说:"真是怪事,手绢怎么被西衙周公子拾走了。就是在墙缺口喝彩叫好的那个人。"娇鸾说:"向他要来就是了。"明霞说:"怎么没向他要?也得他愿意还才行。"娇鸾说:"他为什么不还?"明霞说:"他说既是小姐的手绢必须小姐自己去要。"娇鸾说:"你怎么说?"明霞说:"我说我回去告诉小姐,再奉命相求。他却又说有诗一首,要我转交给你,等有回音,就把手绢还我。"明霞说完,取出诗来,递与小姐。娇鸾欣喜地打开一看,是一首七绝诗:

帕出佳人分外香,天公教付有情郎。
殷勤寄取相思句,拟作红丝入洞房。

娇鸾读罢,也诗兴大发,于是回诗一首说:

> 妾身一点玉无瑕,生自侯门将相家。
> 静里有亲同对月,闲中无事独看花。
> 碧梧只许来奇凤,翠竹哪容入老鸦?
> 寄语异乡孤零客,莫将心事乱如麻。

明霞拿着小姐写的诗刚到后园,见廷章早已在原地恭候了。明霞说:"小姐已有回诗,请把手绢还我。"廷章将诗读了一遍,很是倾慕娇鸾的才华,于是决心得到她。于是说:"小娘子再耐心一点儿,我有回话。"说着转回书房,又写成一首诗:

> 居傍侯门亦有缘,异乡孤零果堪怜。
> 若容鸾凤双栖树,一夜箫声入九天。

明霞说:"手绢又不还,只管让我转什么诗,我不转了。"廷章从袖中取出金簪一根,说:"这点小意思,送与小娘子,聊表寸心,请替我多问候小姐。"明霞想要这金簪,于是又将诗转复娇鸾。娇鸾看罢,闷闷不乐。明霞问:"这诗中有什么话冒犯了小姐?"娇鸾说:"书生轻薄,都是调戏的话。"明霞说:"小姐高才,何不写一首诗骂他,令他死了这条心?"娇鸾说:"后生家脾气偏,不必骂,暂且好言劝劝他罢。"于是再取纸题诗八句:

> 独立庭际傍翠阴，侍儿传语意何深？
> 满身窃玉偷香胆，一片撩云拨雨心。
> 丹桂岂容稚子折？珠帘哪许晓风侵？
> 劝君莫想阳台梦，努力攻书入翰林。

自此以后，两人书来信往，渐渐地有了感情。端午节这一天，王千户在园亭摆酒一家人团聚。廷章在墙缺口处徘徊不定，他知道小姐在园中，却没有借口见她一面，侍儿明霞如今也不传话了。正在气愤时，忽撞见卫兵孙九。那孙九会做木工，长期在南阳卫服役，也常去衙中做工。廷章便作诗一首，用纸封好，又赏他一些钱买酒喝，托他把这信带给衙中明霞。孙九受人之托，自然非常负责，一直到第二天早上，总算寻了个方便，把诗转给了明霞。明霞又转给小姐，拆开一看，见信中写道：

> 端阳日园中望娇娘子不见，口占一绝奉寄：
> 配成彩线思同结，倾就蒲觞拟共斟。
> 雾隔湘江欢不见，锦葵空有向阳心。
>
> 　　　　　　　　松陵周廷章拜稿

娇鸾看后，把它放在书桌上，当时她正在梳头，没有来得及酬和。忽然，曹姨来到闺房，看见了诗稿，大吃一惊，她说："娇娘既有西厢之约，却无东道之主，这事你为什么瞒着我？"娇鸾含羞回答说："虽然有书信往来，但没有什么事，不是我敢瞒着姨娘。"曹姨说："周生是江南秀士，门户相当，何不叫他派媒人来提亲，成就百年姻缘，岂不是更好？"娇鸾点头称是。梳完妆后，便写诗八句回复周生说：

深锁香闺十八年，不容风月透帘前。
绣衾香暖谁知苦，锦帐春寒只爱眠。
生怕杜鹃声到耳，死愁蝴蝶梦来缠。
多情果有相怜意，好倩冰人片语传。

廷章收到这首诗后，便假借父亲之意，请赵学究去王千户家提亲。王千户也比较看重周生才貌，但考虑到娇鸾是爱女，并且精通文墨，自己年纪大了，一切卫中文书信件，都靠着女儿帮助处理，少她不得，不忍让女儿离开远嫁他乡，因此迟迟没给答复。廷章知道求亲未成，心如绞痛。于是写信给小姐说：

松陵友弟廷章拜稿：自见芳容，未宁狂魄。夫妇已是前生定，至死靡他；媒妁传来今日言，为期未决。遥望香闺深锁，如唐玄宗离月宫而空想嫦娥；要从花园戏

游,似牵牛郎隔天河而苦思织女。倘复迁延于月日,必当夭折于沟渠。

生若无缘,死亦不瞑。勉成拙律,深冀哀怜:

未在佳期慰我情,可怜春价值千金!

闷来窗下三杯酒,愁向花前一曲琴。

人在锁窗深处好,闷回罗帐静中吟。

孤恓一样昏黄月,肯许相携诉寸心?

娇鸾看完后,即给回复说:

虎衙爱女娇鸾拜稿:轻荷点水,弱絮飞帘。拜月亭前,懒对东风听杜宇;画眉窗下,强消长昼刺鸳鸯。人正困于妆台,诗忽坠于香案。启观来意,无限幽怀。自怜薄命佳人,恼杀多情才子。一番信到,一番使妾倍支吾;几度诗来,几度令人添寂寞。休得跳东墙学攀花之手,可以仰北斗驾折桂之心。眼底无媒,书中有女。自此衷情封去札,莫将消息问来人。谨和佳篇,仰祈深谅!诗说:

秋月春花亦有情,也知身价重千金。

虽窥青琐韩郎貌,羞听东墙崔氏琴。

痴念已从空里散,好诗惟向梦中吟。

此生但做干兄妹,直待来生了寸心。

廷章看完信后，赞叹不已。读诗到最后一联的"此生但做干兄妹"时，忽然想起一计："当初张珙、申纯都因兄妹才有私情。王夫人与我同姓，何不拜她为姑？便可与她家往来，于这中做自己想做的事。"于是借口说西衙狭窄，并且多吵闹，想借卫署后园看书。周司教去与王千户说了。王千户说："彼此一家，就在我家吃点现成茶饭，也免得难送。"周司教非常感激，回去跟儿子廷章说了。廷章说："虽然承蒙王翁盛意，然而非亲非故，不好打扰。孩儿想拜认周夫人为姑。姑侄一家，这样岂不是好？"周司教是一个糊涂人，只想讨些小便宜，他说："随便你去做就是。"廷章便请人与王翁夫妇商定，择了吉日，备下彩礼节仪，写了个表侄的名帖，上门认亲，特别恭敬，也特别亲热。王公乃一介武夫，只好应酬，于是请他来到中堂，教奶奶都相见了。连曹姨也认做了姨娘，娇鸾是表妹，都一一见面行礼。王翁在后堂，权当宴会亲戚。一家中同桌，廷章与娇鸾，暗暗欢喜。席上眉来眼去，当日尽欢而散。

第一天，王翁收拾好书房，接内侄廷章来读书，却也知道内外隔离，把内宅后门上了锁，不许妇人进入花园。廷章的吃用物品，自有人照料。这样，他们虽然搬到一家来，音信往来反而不方便了。娇鸾愁绪满心，不久便忧郁成疾，朝凉暮热，茶饭不思。王翁请医生来看，却一点儿作用都没

有。廷章几次来到中堂去问候,王翁只让他问好,却不让他进小姐闺房。廷章心生一计,便撒谎说:"我常住在江南,曾学过一些医术。不知表妹患的是什么病,待侄儿诊脉便可知道。"王翁向夫人说了,又叫明霞告诉了小姐,方让他进入。廷章坐在床边,假装看脉,抚摸了半晌。当时王翁夫妇都在,不好说话,只说了一声"保重",便出了房门,对王翁说:"表妹的病,是抑郁所引起的,应该让她多一些空间,散散步陶冶陶冶性情,再找一个女伴劝慰,为她拂去心中的忧郁,病自然就会好了。"王翁非常相信周生的话,不作怀疑地说:"衙中只有园亭,并无别处宽地。"廷章故意说:"如果表妹不时要在园亭中散步,我在此恐怕有些不便,暂时请让我回去。"王翁说:"既为兄妹,又有什么避嫌的呢?"当天便打开了后门,将钥匙交给曹姨收管,并叫曹姨陪着娇鸾任情游玩,明霞服侍,不得离开左右,他以为这样便是万全之策了。

娇鸾原为思念周郎而得的病,经他一番抚摸,自然高兴。后又得允许能到园亭散步,陪伴的人又是自己的心腹,这样一想病已好大半。每到园亭,廷章便可以与她见面,并同行同坐。有时她还到廷章书房里喝茶,渐渐也不避嫌疑了,挨肩擦臂起来。廷章找了个空儿,向娇鸾请求,想要到她闺房去看看。娇鸾用眼睛看着曹姨,悄悄地告诉周生:"钥匙在她那儿,你自己去求她。"廷章领悟。第二天,廷章取吴绫两端，金钏一副，请明霞送给曹姨。曹姨问娇鸾说："周公子厚礼送我，不知为什么事？"娇鸾说："年少狂生，不无过失，如有什么事请你包容而已。"曹姨说："你两个人的心事，我早已知道了。如果有往来，我绝不泄露。"因此，把钥匙交给了明霞。娇鸾心中大喜，于是作诗一首，送与廷章说：

　　暗将私语寄英才，倘向人前莫乱开。
　　今夜香闺春不锁，月移花影玉人来。

　　廷章收到这诗，喜不自禁。这夜黄昏过后，谯鼓刚刚敲过，廷章悄悄地来到内宅，见后门半开，便侧身而入。自那天看脉出园回来，至今依稀还记得路径，慢慢走去。只见闺房灯光外射，明霞站在门侧。廷章走进闺房，向娇鸾施礼后，便要搂抱她。娇鸾将周生挡开，叫明霞去请曹姨来同坐。廷章大失所望，自诉苦衷，责怪她变卦，一时急得都快哭了。娇鸾说："我本来是一个贞女，你也不是浪荡公子。只因为你有才有貌，我们才相亲相爱。我既然私自答应你了，当为你终守贞节；你如果抛弃我，岂不辜负了我的一片真诚。一定要对天发誓，愿白头偕老。若只想苟合，即使死了我也不会答应你。"说完，曹姨已到，向廷章谢过白日之赠。廷章便请求曹姨为媒，表明他愿与娇鸾誓结伉俪，并向天发誓。曹姨说："二位贤甥，既要我为媒，可写合同婚约四份，一份烧与天地，以告鬼神；一份留于我手，以为媒证；你二人各拿一份，为他日证婚之证。女若负男，疾雷震死；男若负女，乱箭亡身。再受阴府惩罚，永入地狱。"周生与娇鸾见曹姨说得透彻，都很欢喜。于是按曹姨所说，写了婚书誓约。先拜天地，后拜曹姨。曹姨拿出糖果与二人把盏祝贺。三人同桌饮酒，一直到三更鼓响，曹姨便离开了。周生与娇鸾携手上床。五更鼓响，娇鸾催周生起床离开，嘱咐说："我已委身于你，你可不要负我。神明在上，明察难逃。今后我若有空，自会叫明霞去请你，你千万不要轻易过来，以招非议。"廷章满口答应，流连忘返。娇鸾叫明霞把他送出园门。这一天，娇鸾叫明霞送去两首诗：

其一

昨夜同君喜事从，芙蓉帐暖语从容。
贴胸交股情偏好，拨云撩雨兴转浓。
一枕凤鸾声细细，半窗花月影重重。
晓来窥视鸳鸯枕，无数飞红扑绣绒。

其二

衾翻红浪效绸缪，乍抱郎腰分外羞。
月正圆时花正好，云初散处雨初收。

一团恩爱从天降，万种情怀得自由。

寄语今宵中夕夜，不须欹枕看牵牛。

廷章接诗之后也自有酬答。此后娇鸾的病全好了，门锁也开了。或三天，或五天，娇鸾就叫明霞去叫周生。来往多了，感情也愈来愈深。这样过了半年多。周司教任满，被调到四川峨眉做县尹。廷章留恋娇鸾，不肯一起去。他推托说身体有病，受不起蜀道的艰难，并且学业未成，师友相处得很好，还想留在这里读书。周司教平时对儿子言无不从，这次自然答应了他。起程那天，廷章送父亲出城。回来之后，娇鸾为感激廷章对她的留恋，当夜邀他相见，二人更加亲爱。

这样又过了半年，廷章由于一次偶然的机会，从邸报上得知父亲水土不服、告病还乡的消息后，心下不安，便想回去探看，但又舍不得暂时离开娇鸾。娇鸾知道这事后，与曹姨一起劝他回去一趟，并想法向父亲提提自己的婚事，以便"早完誓愿，免致情牵"。临走前日，王翁把酒为他饯行。当娇鸾问及他的地址，他以诗为答，诗中说：

思亲千里返姑苏，家住吴江十七都。

须问南麻双漾口，廷陵桥下督粮吴。

并说多则一年、少则半年,一定持家君柬帖亲来求婚,决不负闺阁佳人。

这天天刚亮,王翁又设宴为周生送行,廷章拜别而去。娇鸾自觉悲伤欲哭,便跑回闺房,含泪写诗一首让明霞送与廷章。廷章在马上打开来看,只见诗中写道:

同携素手并香肩,送别哪堪双泪悬。
郎马未离青柳下,妾心先在白云边。
妾持节操如姜女,君重纲常类闵骞。
得意匆匆便回首,香闺人瘦不禁眠。

廷章读罢此诗,泪如雨下,一路上触景生情,甚是想念娇鸾。

不几日,廷章回到了家中,参见了父母大人,自然欢喜。不想他父母已与同里魏同知家议亲,也正想去接儿子回来成亲。周生开始有些不愿意,后得知魏女非常美丽,魏家又有十万之富,半年之后便行聘完婚,夫妻恩爱,早已忘了与娇鸾之约了。

再说这边娇鸾,自周生去后,日夜思念。然而一年时间过去了,却没见一点消息。忽一日,听说有人经过吴江,便想捎封信去。于是娇鸾写信一封,叙了离别之后的相思之情,并嘱周生早日来到南阳,以便同归吴江完婚,信后附诗十首，其中一首写道：

> 端阳一别杳无音，两地相看对月明。
> 暂为椿萱辞虎卫，莫因花酒恋吴城。
> 游仙阁内占离合，拜月亭前问死生。
> 此去愿君心自省，同来与妾共调羹。

书信送出之后七个月，均无回音。后又听说前卫有个张客人要去苏州进货，娇鸾又取金花一封，请孙九送给张客人，烦他传信。信与上次一样，也有诗十首。其中有一首是说：

> 春到人间万物鲜，香闺无奈别魂牵。
> 东风浪荡君尤荡，皓月团圆妾未圆。
> 情洽有心劳白发，天高无计托青鸾。
> 衷肠万事凭谁诉？寄与才郎仔细看。

张客人进完货之后，便带着书信前去吴江，正在长桥上问路，恰好遇见周廷章。廷章听他是河南口音，问的又是他家，知道是娇鸾的书信，便怕张客人到他家去知道他又成亲的事。于是上前说他即是张客人要找的人，之后邀张客人到酒店喝酒。酒过三巡，拆看了信，就在酒家借来纸笔，匆匆

地写了回信,推说父病未痊,需要他护理,估计不久便可去南阳,让娇鸾放心。张客人领了回信回来,交与孙九转给小姐。娇鸾看后,虽然没见他信中写明归期,但也权当画饼充饥。

又过了三四个月,依旧没有周生消息。娇鸾对曹姨说:"周郎的誓言是骗人的鬼话!"曹姨说:"誓书在这里,皇天在上,周郎难道就不怕死?"一天,娇鸾的妹妹娇凤生了孩子,差人过来报喜,娇鸾感叹之余又写信一封,附诗十首,托这报喜人顺便捎去。她在最后一首诗里写道:

叮咛才子莫蹉跎,百岁夫妻能几何?
王氏女为周氏室,文官子配武官娥。
三封心事凭青鸟,万斛闲愁锁翠蛾。
远路尺书情未尽,相思两处恨偏多。

娇鸾自此以后,茶饭不思,不久便忧郁成病。父母想为她择婿,她始终反对,宁愿长期信佛;曹姨劝她,也自不听。不知不觉到了第三个年头了,娇鸾对曹姨说:"听说周郎已另娶他人,不知是真是假。他三年了都不见回来,想来已变心,但没有确切的消息,我不死心啊!"曹姨说:"何不请孙九亲自去吴江一趟,多给他一些盘缠。如果周郎没变心,让他等几天与周生同来,岂不更好?"娇鸾说:"我也

是这样想的,请曹姨催他早点动身就行。"当下又写古风诗一首,诗中写道:

忆昔清明佳节时,与君邂逅成相知。
嘲风弄月通来往,拨动风情无限思。
侯门曳断千金索,携手挨肩游画阁。
好把青丝结死生,盟山誓海情不薄。
白云渺渺草青青,才子思亲欲别情。
顿觉桃脸无春色,愁听传书雁几声。
君行虽不排鸾驭,胜似征蛮父兄去。
悲悲切切断肠声,执手牵衣理前誓。
与君成就鸾凤友,切莫苏城恋花柳。
自君之去妾攒眉,脂粉慵调发如帚。
姻缘两地相思重,雪月风花谁与共?
可怜夫妇正当年,空使梅花蝴蝶梦。
临风对月无欢好,凄凉枕上魂颠倒。
一宵忽梦汝娶亲,来朝不觉愁颜老。
盟言愿作神雷电,九天玄女相传遍。
只归故里未归泉,何故音容难得见?
才郎意假妾意真,再驰驿使陈丹心。
可怜三七羞花貌,寂寞香闺思不禁。

曹姨也写有一信,信中细说甥女相思之苦,希望见他之殷切。两信共作一封。信封上题诗四句:

荡荡名门宰相衙,更兼粮督镇南麻;
逢人不用停舟问,桥跨延陵第一家。

孙九领了书信,晓行夜宿,直至吴江延陵桥下。他怕书信传不到廷章之手,便一直等到见廷章面送与他。廷章见来人是孙九,脸一下子红了,也不问寒暖,拿了信藏于袖中,匆匆进屋去了。过了一会儿,他叫家仆出来回复说:"相公已娶魏同知家小姐,到如今已两年了。南阳路远,不能复去。回信不好写,请你代为转告。这条手巾是当初见小姐时候的东西,加上婚姻合约一份,请你一并带回还她,让她死了这条心。本想留你吃顿饭,但怕老爹问起此事而大惊小怪。白银五钱,给你作路费,下次不用劳驾你再来了。"孙九听完很是气愤,把银子掷在地上,走出了大门,骂道:"像你这般无仁无义的人,比禽兽还不如!可怜负了鸾小姐的一片真心,皇天一定不会放过你的。"说完,大哭而归。路人问他为什么哭,他便将周廷章无情无义的事一一说了。于是,吴江一带的人都非常鄙视廷章。

孙九回到南阳,见了明霞便悲哭不已,把他去吴江的经过备细说了,也不去见小姐,拭泪叹息而去。小姐见了退回的手绢，已知孙九没有说谎，不觉怨气填胸，也不顾曹姨如何劝解，直哭了三日三夜，想要自杀。后想：我娇鸾名门爱女，美貌多才，若默默而死，岂不便宜了这薄情人。于是写绝命诗三十二首，《长恨歌》一篇，《长恨歌》写道：

《长恨歌》，为谁作？题起头来心便恶。
朝思暮想无了期，再把鸾笺诉情薄。
妾家原在临安路，麟阁功勋受恩露。
后因亲老失军机，降调南阳卫千户。
深闺养育娇鸾身，不曾举步离中庭。
岂知二九灾星到，忽随女伴妆台行。
秋千戏蹴方才罢，忽惊墙角生人话。
含羞归去香房中，仓忙寻觅香罗帕。
罗帕谁知入君手，空令梅香往来走。
得蒙君赠香罗诗，恼妾相思淹病久。
感君拜母结妹兄，来词去简饶恩情。
只恐恩情成苟合，两曾结发同山盟。
山盟海誓还不信，又托曹姨作媒证。
婚书写定烧苍穹，始结于飞在天命。
情交二载甜如蜜，才子思亲忽成疾。
妾心不忍君心愁，反劝才郎归故籍。
叮咛此去姑苏城，花街莫听阳春声。

一睹慈颜便回首,香闺可念人孤零。
嘱咐殷勤别才子,弃旧怜新任从尔。
哪知一去意忘还,终日思君不如死!
有人来说君重婚,几番欲信仍难凭。
后因孙九去复返,方知伉俪偕文君。
此情恨杀薄情者,千里姻缘难割舍。
到手恩情都负之,得意风流在何也?
莫论妾愁长与短,无处箱囊诗不满。
题残锦札五千张,写秃毛锥三百管。
玉闺人瘦娇无力,佳期反作长相忆。
枉将八字推子平,空把三生卜《周易》。
从头一一思量起,往日交情不亏汝。
既然恩爱如浮云,何不当初莫相与?
莺莺燕燕皆成对,何独天生我无配?
娇凤妹子少二年,适添孩儿已三岁。
自惭轻弃千金躯,伊欢我独心孤悲。
先年誓愿今何在?举头三尺有神祇。
君往江南妾江北,千里关山远相隔。
若能两翅忽然生,飞向吴江近君侧。
初交你我天地知,今来无数人扬非。
虎门深锁千金色,天教一笑遭君机。
恨君短行归阴府,譬似皇天不生我。

从今书递故人收,不望回音到中所。

可怜铁甲将军家,玉闺养女娇如花。

只因颇识琴书味,风流不久归黄沙。

白罗丈二悬高梁,飘然眼底魂茫茫。

报道一声娇鸾缢,满城笑杀临安王。

妾身自愧非良女,擅把闺情贱轻许。

相思债满还九泉,九泉之下不饶汝。

当初宠妾非如今,我今怨汝如海深。

自知妾意皆仁意,谁想君心似兽心!

再将一幅罗鲛绡,殷勤远寄郎家遥。

自叹兴亡皆此物,杀人可恕情难饶。

反复叮咛只如此,往日闲愁今日止。

君今肯念旧风流,饱看娇鸾书一纸。

信已写好,想再烦请孙九去送。孙九咬牙切齿,坚决不去。正愁没其他方便的办法之时,娇鸾父亲病发,叫她帮忙批阅文书。娇鸾看见文书里有宗捉拿本衙逃兵的案件,这个逃兵是吴江县人。娇鸾心生一计,她取来从前与周生的唱和之词和刚写好的绝命诗、《长恨歌》、合同婚书两份,一起封好,放进官文包内。包上写着:"南阳卫掌印千户王投下直棣苏州府吴江县当堂开拆",写好打发公差送去了,此事王翁一点儿都不知道。当晚,娇鸾支开明霞,上吊自尽了。

吴江阙大尹接到文书，遂与本府赵推官相看，都觉奇怪，于是报与正在吴江视察的察院樊公知道。樊公反复推敲材料，深为同情娇鸾，痛恨周廷章薄情，便将周廷章捉拿归案。周廷章起初还抵赖，后见物证都在，才不敢再说谎。后又查得娇鸾真的已死。樊公升堂提审周廷章，骂他说："调戏职官家女子，第一条罪；停妻再娶，第二条罪；因奸致使娇鸾自杀，第三条罪。"说完，令手下动手，将周廷章乱棍打死。周司教听到这件事，也气绝身亡。吴江县人无不拍手称快。

避大雨蒋震卿片言得美妾

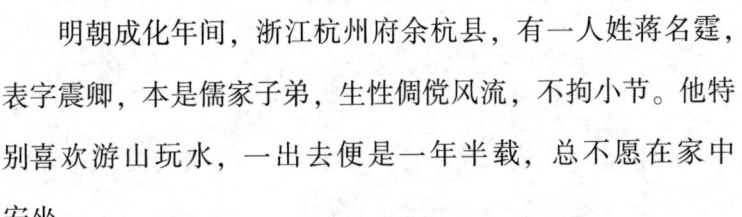

明朝成化年间,浙江杭州府余杭县,有一人姓蒋名霆,表字震卿,本是儒家子弟,生性倜傥风流,不拘小节。他特别喜欢游山玩水,一出去便是一年半载,总不愿在家中安坐。

一天,他心里想:"从来就有人说山阴道上,千岩竞秀,万壑争流,是个好去处。从这儿到绍兴府没有多远,何不去游玩一番?"恰好乡里有两个乡客要去江南做生意,于是就搭伴同行。过了钱塘江,改搭西兴夜船,一夜时间便到了绍兴府城。两个乡客自去做他们的生意,他便遍游兰亭、禹穴、戢山、鉴湖等景,真是过足了游瘾。两个乡客做完生意后,他们仍一起搭伴同归,偶然来到诸暨村中散步,只见天色将晚,一路尽是些农作物,不见一户人家。不一会儿,天下起雨来。雨越下越大,他们三人都没有带雨具,只得慌忙往前跑,跑得上气不接下气。忽然,前面出现一座庄宅来,三人远远地望了望说："好了，好了，且到那里躲一躲再说。"待他们跑到面前，见是一座双檐滴水的门坊。那两扇门，一扇关着，一扇半掩。蒋震卿上前伸手便要推门，二乡客见了说："蒋兄莽撞惯了，借这里躲躲就是了，谁知是什么人家？便去敲门打户的。"蒋震卿最喜欢戏笑，便大声说："这有什么，这是我丈人家里。"二乡客说："不要胡说惹祸！"过了一会儿，那雨越发下得大了。这时两扇门忽然大开，里头踱出一个老者来，只见他：

头带斜角方巾，手持盘头拄拐。方巾内竹篾冠，罩着银丝样几茎乱发；拄拐上虬须节，握着干姜般五个指头。宽袖长衣，摆出浑如鹤步；高跟深履，踱来一似龟行。想来圯上可传书，应是商山随聘出。

原来这老者姓陶，是诸暨村中的一个大户，为人耿直忠厚，特别好客仗义。傍晚时分，他正想走出大门，看见有人推门，又听到外面说话声，知道是有人在门外躲雨，所以晚出来了一步，却把蒋震卿的戏言听了个清楚，回屋去对家人说了，大家都说："有这样放肆可恶的，不要理他！"而今又见雨大了许多，料他们躲也躲不住了，心里过意不去，有心要出来请他们进去避雨，却又怪先前说这讨便宜话的人；踌躇了一回，走了出来，见是三人，便问："刚才说老汉是他丈人的,是谁?"蒋震卿见问这话,自知先前失言,满脸通红。二乡客又同声埋怨他说:"告诉你了不要胡来。"老者见这光景,知道是他无疑,便对二位乡客说:"两位若不嫌弃,请到寒舍坐坐。这位郎君,按他刚才说法,应是我儿子之辈,与宾客不同,不必进来!"二乡客刚想帮他说情,却被老者一把扯了袖子,拽进大门,并把门关死了。二乡客只好随老者上堂屋里,相见叙坐,互通姓名,并说了些避雨经过。那老者独自气愤地说:"刚才那位朋友,路途之中,尚且如此轻薄不讲礼貌,肯定不是一个君子!你们不与他相交也没什么。"二位乡客称谢说:"这位兄弟姓蒋,年少轻肆,一时无心失言,得罪了老丈,请别计较!"老者仍耿耿于怀,直到摆好了酒饭,仍不提门外的蒋震卿。二位乡客自己本是无事打扰,能受到如此招待已是蛮不错了,何况老者真的对蒋兄恼了火,自然不好开口提那蒋兄,只好自顾吃喝。

  那蒋震卿被关在大门之外,想着自己刚才的失言,好生没趣。一个人在门檐下来回走动,一时好生冷落。他想赌气走了去,一来天黑,二来单身,不敢前行,只得忍气吞声,耐心等待。只见那雨渐渐停了,轻云之中,露出了一点儿月色。他侧耳偷听,人声已静,便想:"他们想已睡了,我为什么还要痴等?不如趁此月色,走了算了。"但他又想:"那老儿固然怪我,他们两个难道也能狠心撇下我,只管他们自己?想想也许有办法的,我再等他们一会儿。"正在他这样踌躇不定之时,忽听得门内有人低声说:"暂且不要走!"蒋震卿心里说:我说他们肯定不会忘了我,便回答说:"知道了。"又过了一会儿,又听门内低声说:"有些东西拿了出来,你可收好!"蒋震卿心里说:你看他们俩白白地吃了老者一餐,又拿了他的什么东西?太欺心了!心里这么想,嘴里却答道:"知道了。"他便站在那里等着,只见墙上有两件东西掉下,他急上前去看,却是两个被囊。提一提看,却挺沉重;用手捻了捻,块块砾砾,像是些金银器物之类。蒋震卿怕有人开门来追寻,忙背了就走,走了百余步,回头再看那门,只见墙上又跳下两个人来。蒋震卿心想:"他们俩来了,怕有人追,我只管先走,不必等他们。"于是拔脚又走,那两个人也不追他,只远远地尾随而来。蒋震卿走得稍远了些,心里想:"他们俩赶上了,包裹里的东西,一定要与我平分。趁他们还在后边,我且先打开看看。反正是不义之财,先藏他一些又何妨。"于是打开包裹,将黄金等贵重物品另包了一包,钱布之类的放在原包里,提了又走。回头再看看后边那两人,还没跟来。原来他们见他走就走,见他住也住,只尾尾相随,并不靠近。如此走了半夜,他们仍隔一箭之地。眼看天色已亮,那两人才快步赶了上来。蒋震卿说:"正好,等你们一起走。"待他们走到跟前,他抬眼一看,吃了一惊,原来是两个女子。一个头扎青帕,身穿青绸衫，并且生得美丽动人；一个散绾头髻，身穿青衣布袄，是个丫鬟打扮。她们仔细看了蒋震卿一看，也大吃一惊，急得忙闪开身子。蒋震卿上前，一把将美貌女子抓住说："你走哪里去！快快跟了我去，还可商量。若是不从，我就带你回去告诉你家父母。"女子低头无言，只得跟了他去。走到一个酒店里，蒋生找了个僻静的楼房与她住下。他骗店家说："我们夫妻烧香，来买些早饭吃。"店家见一男一女，又有丫鬟跟随，也不疑心，去做早饭给他们吃。蒋震卿低声问那女子来历，她说："我姓陶，名幼芳，是昨日你见的那个主人的女儿。母亲王氏。我从小被许嫁同郡褚家，谁知他双目失明了，我不愿嫁他。我有一个表亲之子王郎，少年美貌，我心愿许他，与他订约日久，约定昨夜私奔。昨天白天不见回音，傍晚时，忽听爹爹回来说：'门前有个人，口称这里是他丈人家里，胡言乱语，真可恶！'我心里暗想：必是王郎无疑。于是急忙收好金钱等，引这丫鬟拾翠为伴，越墙出来，看见你背着包在前走，心里想那便是了。因怕人看见，所以一路不敢接近。谁知见了你时，才知错了，又不好回家，只有随了官人，我也没有办法。"蒋震卿大喜，他说："这是前世有缘，我说的话有灵，并且我没有娶妻，你不要慌张！我同你回我家去就是了。"蒋生同她吃了早饭，打发了店钱，租了一条船，一路径直回到家中。家里人问起小姐来历，他只说是路上礼聘来的。

那女子到了蒋家以后,待上待下都很贤惠,与蒋震卿相处感情甚笃。一年之后,生了一个儿子。但每每提起父母,她都凄凄然而泪下。

一天,女子对蒋震卿说:"我那时不肯嫁瞎子,才做出违礼的事来。现在既然已是你的人了,也没有什么可悔恨的。只是我父母年老无靠,失去我之后,在家必定忧愁;并且一年多来,我们也没能问得一点消息。我心里总是惦记不已,如此下去,一定会想出病来。我想父母平时把我视为掌上明珠,如今即便知道这件事,想他也会以见女儿为重,不会十分嗔怪的。你可想个办法与家里取得联系。"蒋生想了想说:"这里有一个教书先生,叫阮太始,与我很好,他要去诸暨,待我和他商量商量再说。"蒋生见了阮太始,把他的事全告诉了阮太始。阮太始说:"陶老是诸暨一个极其忠厚的长者,与我见过几面。待我找个机会到他那里帮兄去联络联络,成全你们的心愿,绝不耽误!"蒋生称谢,道别回去了。

却说陶老那晚留二乡客在家吃住,第二天,又请他们吃了早饭,二乡客千恩万谢。老者送出他们时还笑着说:"昨日狂生不知哪里去宿了?也让他受点冷落,好知道轻薄的坏处。"二乡客说:"想必等不及,先走了。等我们找到他,再说他一说。老丈不必挂怀介意!"老者说:"我也是一时容他不得,昨日已够他受的了,哪里还记在心上!"说完,各自告别分手。老者刚回身进门,只见一个丫鬟慌慌张张地跑来,说:"阿爷,不好了!小姐不知哪里去了!"老者吃了一惊,问:"怎么回事?"一步一颠,忙走进房来。只见王妈妈哭倒在地。老者问她详细,妈妈说:"昨夜好好在她房中睡的,今早因外面有客,我只照管做早饭,不曾见她起来。及至客人走了,叫人请她来吃早饭,只见房中笼箱大开,连服侍的丫鬟拾翠也不见了,不知她们哪里去了!"老者大惊失色地说:"这是为什么?"一个养娘便说:"莫非昨日投宿的那些人不是好人,夜里拐走了她们?"老者说:"胡说!他们都是初到此地,那两个住了一夜,今日好好地别去的。如何拐得?另一个,因为我恼他,连门都没让他进,更是与他无关。肯定是此前她们与别人约好的,今见有客,趁机逃走的。你们平日有没有看出小姐有什么破绽?"一个养娘说:"阿爷,你猜得八九不离十。小姐只因为许了个瞎子,心中不高兴,常常流泪。唯有王家某郎与小姐很是相投,时常叫拾翠给他传递消息。想必是约着跟他去了。"老者见她说得有理,便暗地里派人到王家去查访,只见王郎好好地在家里,并没有什么动静。老者就没再理会,说:"家丑不可外扬,切勿传出去!许家那瞎子退了也罢,若退不下,送一个丫头还他就是了。只是身边没有了这亲生女儿,好生冷清!"后来许家那瞎子死了,他们为此又添几分悲伤,哭着说:"如果早几年死了,女儿也许就不会这样了!"这样又过了一年有余。

一天,门上递了个名帖进来,是余杭阮太始。老者出来接着他说:"什么风把你吹来的?"阮太始说:"好久没来看你,偶然有空,特来拜访。"老者设宴款待。酒席上,大家闲说些江湖上的新闻,有可信的,也有可疑的。阮太始说:"我那里一年之前,也有一件奇闻,这事却是真的。"老者说:"什么事?"阮太始说:"有一个青年朋友,出来旅游,归途之中,一句戏话,却得了一个妇人,至今做了夫妻在那里。这妇人是贵乡人,老丈可曾知道?"老者说:"可知这妇人姓什么?"阮太始说:"也姓陶。"那老者大惊说:"莫非是我的女儿?"阮太始说:"小名幼芳,年纪十八岁,她有一个丫鬟叫拾翠。"老者睁圆了眼说:"正是我女儿,她现在在什么地方?"阮太始说:"老丈还记得'雨中叩门,曾称是他岳父家,老丈把他关在门外,不让他进去'的事吗?"老者说:"有这么回事,这人平时原不相识,却又被关在门外,无处通风报信。不知我女儿怎么随他去的?"阮太始便把蒋生所说的话,一一告知,并问:"而今他们已生了儿子了,老丈要见她吗?"老者说:"自然要见她!"只见王妈妈在屏风后听了,再也忍不住了,便跑了出来,拜倒在阮太始跟前:"我夫妻俩只生有这么一个女儿,自失去她后,几番哭得死去活来。若是真的遇见了我女儿,一定重报!"阮太始说:"老丈与夫人自然要见你们的女儿,只是怕你们

会责怪女婿，女婿便不敢来了。"老者说："既然要见，庆幸还来不及，还有什么见怪的？"阮太始说："你女婿也是旧家子弟，并没有亏待你女儿！老丈既不怪罪，就请老丈随我去一趟。"老者欣然前往。不一日到了蒋家门前，阮太始进去备细回了话，蒋生便与阮太始出来接待老者。那女儿好久未见父亲，也直接到了中堂。阮太始暂时避开后，父女相见，抱头大哭。老者请蒋生与女儿到他家去。那女儿也要去见母亲，就一同来到娘家。母女相见，又是抱头大哭，说："以为这生再也见不到了，谁想还有今日？"直哭得旁边养娘们也一个个流了眼泪。哭罢，蒋生拜见丈人丈母，叩头请罪说："小婿曾一时与同伴门外戏言，谁知岳丈认了真，触犯众怒。又谁知你女儿认错了人，得了如此姻缘。小婿如今想起来，当初说这话时，何曾有一丝想到有今天的？这一切都出于偶然，还请岳丈原谅！"老者大笑说："天教贤婿说出那话，这正是前世定下的好事，你有什么罪呢？"

正说话间，阮太始也封了一封贺礼，到门恭喜。老者就将彩帛、银两送他，并请他做媒人，摆酒遍请宾朋好友和亲族，重新让蒋震卿夫妇拜天地成亲，并厚赠嫁妆，送他们回家。夫妻白头偕老。

斥无义杜十娘怒沉百宝箱

万历二十年间，日本国关白作乱，侵犯朝鲜。朝鲜国王上书告急，明神宗派军队前往救援。有户部官奏请皇上批准之后颁布公告说："如今用兵之际，粮饷不足，暂时可以开纳粟入监（即向朝廷捐纳一定的粟米或银子就可以进入国立最高学府国子监读书）的先例。"纳粟入监有便于读书、便于科举、便于结交达官贵人，到最后还会得到一个小小的前途等好处，因此，许多宦家富室子弟，均不去做秀才，都入例做太学生去了。这例一开，两京太学生各增加到了一千多人。

在这其中有一个姓李名甲的人，他乃浙江绍兴府人。他父亲李布政生了三个儿子，李甲为长子。这李甲从小就开始读书，但没能考上举人，按照公告纳粟而入了北雍（即北京的国子监）。在京读书期间，与同乡柳遇春监生一起逛妓院，与一个名妓相遇。这位名妓姓杜名微，排行第十，院中都称

她为"杜十娘"。有诗描绘她的长相说:

浑身雅艳,遍体娇香。两弯眉画远山青,一对眼明秋水润。脸如莲萼,分明卓氏文君;唇似樱桃,何减白家樊素。可怜一片无瑕玉,误落风尘花柳中!

那杜十娘自十三岁破瓜,今年已十九岁了。在这七年之内,不知道已应酬过多少公子王孙,一个个都对她情痴意迷,哪怕倾家荡产也在所不惜。院中传出这样一首诗来形容:

座中若有杜十娘,斗筲之量饮千觞;
院中若识杜老娘,千家粉面都如鬼!

却说李甲这人年少风流,不曾近过美色;自遇到杜十娘,真是喜出望外,把花柳情怀整个儿地用在她身上。李公子不但脸蛋俊俏、性情温和,而且还特别舍得花钱,与杜十娘真是情投意合,恩爱无比。杜十娘因为鸨母贪得无厌,没有一点儿人情味,早就有从良的打算。如今见李公子忠厚老实,又真心诚意地爱她,便很有要嫁与李公子的意思。然而李公子害怕父亲不同意,也就不敢答应。尽管这样,他们仍情好意蜜,朝欢暮乐,整日厮守,如同夫妻一样,天天海誓山盟，双方都不再有别的心思。也真个是"恩深似海恩无底，义重如山义更高"。

再说鸨母杜妈妈，因女儿被李公子占住，以致别的富家巨室，闻名而来却得不到杜十娘。开始时李公子花钱大方，大差大使，杜妈妈耸肩媚笑，全力奉承。冬去春来，转眼就过了一年多，李公子的钱逐渐花得差不多了，如此囊中羞涩之时，杜妈妈也就开始怠慢起来。老布政在家里听说儿子整天地泡妓院，几次写信催他回去。而李公子迷恋杜十娘的美色，一天一天地借故拖延。后来听说老布政在家里大发雷霆，自然更不敢回去了。

俗话说："以利相交者，利尽而疏。"杜十娘与李公子真心相爱，见他囊中羞涩，心里头很焦急。杜妈妈不止一遍地教女儿打发李甲离开这里，而杜十娘却不忍开口去说，于是杜妈妈用讥言讽语去说李公子，以激他离开。然而，李公子性情本来就很温和，说话也很友好。杜妈妈没有办法，便骂杜十娘："我们开妓院，吃客人的穿客人的，前门送走旧客人，后门就要迎来新客人，如此门庭热闹，钱帛堆成柴垛一般。如今倒好，自从李甲来这以后，胡混了一年多，莫说有新客来，就连旧主顾都断了。分明是接了个钟馗老，连个小鬼也不再上门。弄得老娘一家有气而无烟，成什么样子呢？"

杜十娘挨了骂，实在忍无可忍，便回道："那李公子不是空手上的门，他也是曾拿许多钱来的。"杜妈妈说："过去是过去，现在是现在。你现在能叫他拿点钱给老娘买些柴米，养着你们两口也行啊。别人家养的女儿，都是摇钱树，生活得风风火火的；偏偏我就倒霉，养了个耗散钱财的凶神！一家人生活，柴、米、油、盐、酱、醋、茶，样样都要我来买，倒替你小贱人白白地养着这么一个穷汉子，你说我的衣食费用从哪儿来？你对那穷鬼说，有本事的拿几两银子给我，赎你跟他走，我再另外找个丫头过日子，岂不是两全其美？"

杜十娘说："妈妈，这话是真还是假？"杜妈妈知道李甲身无分文，而且衣服都典光了，想他也没有别的办法，便答应说："老娘从不说谎，当然是真的。"杜十娘说："娘，你要他多少银子？"杜妈妈说："若是别人，千把两银子也要了，可怜那穷鬼出不起，只要他三百两，我自去找个娼妓来代替你。不过有一个条件，即是他必须在三日内交与我，一手交钱，一手交人；若三日不来交钱，老娘也就顾不得那么多了，管你公子不公子，用棍子把他打了出去，到那时可别怪老娘无情。"

杜十娘说："李公子虽在这里缺钱，但三百两银子想是还能筹得齐的。只是限他三天时间，可能太紧了，给他十天时间好吗？"杜妈妈心想："这穷鬼一双赤手，即便是给他一百天时间，也没有银子。没有银子，即是铁皮包脸，想他也无颜上门,到那时再重整家风,也就无话可说了。"随后便答应说:"看在你的面子上,就放宽到十天。第十天如果还没有拿来银子,那可就不关我的事了。"杜十娘说:"如果十日之内拿不出银子,想他也无颜再来。只怕有了三百两银子之后,妈妈你又翻悔起来。"杜妈妈生气地说:"老娘都五十一岁的人了,又正奉十斋(系信佛的人的宗教行为:夏历每月初一、初八、十四、十五、十八、廿三、廿四、廿八、廿九、三十日等十天,不吃荤腥),怎敢说谎?不信与你拍掌为定。如若翻悔,做猪做狗!"

这夜,杜十娘与李公子在枕边议及终身大事。李公子说:"我并不是没有这种愿望,只是教坊脱籍从良没有千两银子是不可以的。而我现在清贫如洗,怎么奈得何呢?"杜十娘说:"我已与妈妈说定,只要三百金,但必须在十天内筹齐。郎君游资虽然花光了,但在京都里难道就没有亲戚朋友可以借贷吗?如果能够凑足银两,我就是你的人了,免得再受鸨母的气。"李公子说:"亲友中为我留恋嫖娼,都不肯帮我,明天收拾行李装作回乡,到各家去告辞时,开口借些路费,凑起来或许可以达到这一数目。"天亮后,李公子梳洗完毕,便辞别杜十娘出门去了。杜十娘嘱咐说:"用点儿心,越快越好,我在这里静候你的好消息。"李公子回头说道:"娘子不用吩咐,我自然会努力去做的,放心吧!"

李公子离开妓院之后,便遍访三亲四友,谎称临回家前来告别的，众亲戚倒也欢喜。后谈到路费欠缺，想向他们借贷时，亲友们就不再搭理了。他们想："李公子是风流浪子，迷恋烟花，一年多都不回去，父亲都为他气病在家了。他今天突然说要回家，不知道是真是假。如果骗了盘费之后，又去嫖娼，再被他父亲知道了，那时好心反而变成了恶意，还不如推了干净。"于是回答说："如今正赶上没钱，不能帮你，很是惭愧！"人人都是如此这般，竟没有一个人站出来慷慨地许诺借给他一二十两的。

李公子日夜奔走，眼见三天过去了，却一无所获，又不敢回绝杜十娘，只好暂时含糊其辞地应付了一番。到了第四天，连可去"告别"的人家都没有了，借钱更无指望，办法用尽而无获，如今也不好意思回到杜十娘那儿去了。平时投宿杜家，也没有租别的安身之处，因此今日没有了投宿之处，只好去同乡监生寓所借宿了。柳遇春见李公子愁容满面的样子，很是奇怪。李公子便将杜十娘愿嫁之情详细地跟柳公子说了一遍。柳公子听完，哪里敢去相信，频频摇头说："不可能，不可能。你想那杜微曲中第一名姬，要从良时，起码也得要明珠十斛，聘礼千金。那鸨母为何只要三百两呢？我想呀，肯定是鸨母因为你没有钱给，却白白地占住了她的女儿而设的计谋，她是在设法打发你出门；那妇人与你相处已久，又碍着情面，不好跟你明言，明明知道你手中没钱，故意说三百两卖个人情，并限你在十日内筹齐。如果十

日之内你借不齐银两,你就不好意思上门了,即便你去上门,她也会说笑你,反而落得一场亵渎,自然没法安身。这乃是烟花逐客之计,请你三思而后行,千万别被她们骗了。按我的意思,你还不如趁早放手算了。"

李公子听他这么一说,半天说不出一句话来,心中疑惑不定。柳遇春接着又说:"你千万不要拿错主意。你若真的回家,要不了多少盘费,也许还有人助你;如果是要三百两,莫说十天,就是十个月也难。如今这世道,谁肯帮你应急呢?那烟花也料定你没处可以借到钱,故意设法难为你。"李公子说:"仁兄所说很对。"口里如此应说,心中却割舍不下,依旧又东奔西跑到处求人去了。夜里也不再进杜家之门。

李公子在柳监生寓中,一连睡了三晚,加上之前三天,如今已过了六天了。这边杜十娘却因一连好几日没有见到李公子,心里十分焦急,于是叫小厮四儿到街上去找他。四儿找到大街上时,正好碰到了李公子。四儿叫道:"李姐夫,娘在家里等你呢。"李公子觉得自己无颜回见,于是告诉他说:"今天没有工夫,明天再去吧。"四儿是奉了杜十娘的使命的,一把扯住李公子,死也不放,说:"娘叫咱寻你,你是必须同我回去一趟的。"李公子心中也十分记挂杜十娘,无奈之下也只好随四儿回院。待见了杜十娘,只嘿嘿地笑,不敢言语,杜十娘问他说:"所要做的事做得怎么样了?"

李公子话未听完就情不自禁地流下了眼泪。杜十娘说:"莫非人情淡薄,连三百两都借不齐吗?"李公子含着眼泪说:"不信上山擒虎易,果然开口告人难。一连奔走六天,一无所获,空着双手自然不好意思回来见你,因此一连几日躲在外面借宿。今天承你派人来叫我,才忍耻而来,并不是我不用心去找,而实在是世情如此。"杜十娘说:"这些话别让妈妈知道,郎君今夜暂且住下来,我另作商议。"

杜十娘自己买了些酒菜,与李公子欢饮。睡到半夜,杜十娘对李公子说:"郎君真的借不到一分钱?我的终身大事,该怎么办呢?"李公子只是一味地流泪,不敢说一句话。说着说着,天快亮了,杜十娘说:"我所睡的絮褥内,藏有碎银一百五十两,这是我私下的积蓄,郎君可以拿去。三百两,我担负一半,郎君也想法去弄一半,时间只有四天了,千万别耽误了!"

杜十娘将絮褥递与李公子。李公子格外惊喜,叫童儿把褥子拿走,径直来到柳监生寓所,并把这些事情告诉柳遇春。拆开褥子,絮中果然裹着许多零碎银子,共一百五十两。柳遇春吃惊地说:"这个女人真是有心之人!既是真情,便不可辜负。我当替你去想办法。"李公子说:"如果能办成,我绝不会忘记你的恩情。"当下柳遇春留李公子在寓所里,他亲自出面到处去借贷,两天时间,便借足了一百五十两,交给李公子说:"我为你借债,并不是为了你,而实在

是可怜杜十娘的一片真情。"

李甲带着这三百两银子,欢天喜地地跑来见杜十娘,时间刚好是第九天。杜十娘问他说:"前日分毫难借,今天为何就有了一百五十两?"李公子将柳监生相助一事说了一遍。杜十娘心里十分感激地说:"使我俩实现心愿的,全靠有柳君的帮助啊!"这一夜两人自是欢欢喜喜,蜜意甚足。

第二天,杜十娘早早地就起了床,对李公子说:"这银子一交,便可以随郎君去了,车船费用应该预备好。我昨日在姊妹中借了二十两白银,郎君可收下当作路费。"李公子正愁没路费呢,拿到这二十两白银后,自是十分高兴。

话没说完,鸨母正好来敲门说:"今日是第十天了。"李公子听到叫声,开门请她进来,随后说:"承蒙妈妈厚意,正想去请你呢。"说着将银子三百两放在桌上。鸨母没想到李公子会有银子,一看到银子脸色突变,似有后悔的意思。杜十娘说:"儿在妈妈家中多年,所得金帛不下数千金。今天从良的好事,又是妈妈亲口所许诺的。三百金不差分毫,也没有超过期限。如果妈妈失信而不同意,郎君就把银子拿走,儿即刻自杀,恐怕到那时人财两空,后悔也来不及了。"

鸨母无言以对,心里计谋了半天,只好取天平兑准了银子,说:"事已如此,想也留你不住了,只是你要走,今天就走。平时穿戴衣饰之类,一点儿都不能带走。"说完将李公子和杜十娘推出门外,拿锁把门给锁了。这时正值九月天气,杜十娘刚下的床,也未来得及梳洗,随身穿着旧衣,拜了妈妈两拜,李公子也作了一揖,一夫一妇便走出了鸨母家大门。

李公子让杜十娘先待一会儿:"我去叫个小轿,抬你先去柳遇春寓所暂待一会儿,再作打算。"杜十娘说:"院中各位姊妹平时感情很好,应该去告别一声;何况前天又承她们借给我们路费,不可以不感谢一声的。"说完便同公子到各位姊妹住处谢别。

姊妹当中只有谢月朗、徐素素与杜家相近,因此与杜十娘特别亲切。杜十娘先来到谢月朗家。月朗见杜十娘秃髻旧衫,惊奇地问她是什么缘故。杜十娘便把原因一一告知,然后把李甲引见给月朗。杜十娘指着月朗说:"前天的路费是这位姐姐借给我们的,郎君应该感谢她的。"李甲连连作揖致谢。月朗一面让杜十娘梳洗,一面去请徐素素来家相会。

杜十娘梳洗完后,谢、徐两位美人,各出所有翠钿金钏、瑶簪宝珥、锦袄花裙、鸾带绣履,把杜十娘又装扮得容光焕发,并设宴祝贺。月朗把卧房让与李甲和杜十娘住。第二天又大摆宴席,遍请院中姊妹。凡是与杜十娘交情深厚的,没有一个不赶来的,纷纷举酒祝贺他们夫妇,一时间吹弹歌舞,甚是欢欣。

饮至初夜时分,杜十娘向众姐妹一一称谢。众姐妹说:"十娘乃风流领袖,今随郎君远去,我们恐怕再无相见的时

候了。哪一天起行,姐妹们当前来远送。"月朗说:"等有机会,小妹自然会去看你。但阿姐千里关山,同郎君远去,身上没钱,平时又不曾准备,这就看我们了。各位姐妹应该共同帮助他们,不要让你们阿姐有路上缺钱花的顾虑。"众姐妹纷纷称是,然后才离去。

这晚,李公子与杜十娘仍然住在谢家。到了五更,十娘对公子说:"我们这一去,到哪儿安身?郎君曾经对我说的有把握没有?"李甲说:"老父盛怒之下,若知娶个妓女回家,必定反对。思来想去,如今还没有比较好的办法。"杜十娘说:"父亲的性格是没法改变的,既然暂时难以说服他,那么我们不如先去苏杭一带游居。到时郎君先回家乡,请求亲友到你父亲那儿去劝劝他,待劝和同意之后,再携我一块儿回去,这样两方面都好些。"李甲说:"这倒很有道理。"

第二天,两人一早辞别谢月朗,暂时住到柳监生寓中,打点行装。杜十娘见到柳遇春,便倒身下拜,感谢他成全她夫妇好事的恩德:"他日我夫妇一定要重重地报答你。"柳监生慌忙还礼说:"十娘注重感情,不因为贫穷而变心,这是女中丈夫。我不过顺势帮助,这么一点点小事,不必放在心上!"三人又欢饮一天,并择好吉日,预备明日出发。

天刚一亮,李甲雇好了轿子和马儿,杜十娘又派童儿送信向谢月朗告别。临走之时,只见众姐妹在谢月朗、徐素素的带领下前来送行。月朗说:"十姐随郎君远走千山万水,囊中羞涩，我等很是过意不去。今天我们凑了一些薄礼，请十姐笑纳，一路上或许可以帮你们派些用场。"说完，命人拿来一描金文具，锁得很是严密，不知里面是什么东西。杜十娘也没打开来看，万分感激地收下了。一会儿，车轿备好，脚夫们催着起身。柳监生和众差人直把他们送出崇文门外，个个挥泪而别。也真个是"他日重逢难预必，此时分手最堪怜"。

这里，李公子和杜十娘来到潞河，改走水路，正好碰上办完事回返的瓜洲便船。商定了船钱，包好舱户。到上船时，李公子手中已经不名分文了。

却说杜十娘把二十两银子给李公子作盘钱，为何一下子就没了呢？原来李公子在院中穿着褴褛，如今有了银子在手，免不了到典铺里赎回几件，同时又买了铺盖，剩下的也只够付轿、马费用了。

李甲正在为船钱担心发愁，杜十娘说："郎君不用发愁。我那么多姐妹一起赠我东西，必定会有可以帮助我们的东西。"边说边打开了箱子。李公子在一边觉得惭愧，也不好凑过来看箱子中的东西。只见十娘在箱中取出一个红绢袋来，放在桌子上说："郎君可以打开来看。"李公子拿在手中觉得沉甸甸的，打开一看，都是白银，共五十两。杜十娘锁好箱子，也没说其中还有些什么东西。但是她告诉李公子说："承蒙众姐妹好意，不但路费不缺，即使他日游居苏杭

等地，也还可以多少帮助我们生活之用的。"李公子又惊又喜地说："若不是遇到你，我李甲流落他乡，早已死无葬身之地了！此情此恩，到死也不敢相忘！"以后每言及往事，李公子总感激得泪流满面，杜十娘也总是很委婉地安慰他。

没几天，船便到了瓜洲。船要靠岸，李公子便又雇了一民船，安放好行李，约好第二天一早就出发。其时正逢仲冬季节，月明如水。李公子和杜十娘坐在船头。公子说："自从离开京都之后，一直待在船舱里，左右都是人，没能与你痛快地说过话。今天独自雇有一舟，没有什么需要顾虑的了。并且我们已离开塞北，开始进入江南地带，应该开怀畅饮，以抒胸臆，你以为怎样？"十娘笑着说："我也很久没有谈笑了，也有这种种想法。郎君所说的，足可以证明我们的愿望是相同的。"

李公子把酒具拿到了船头，与十娘铺毡并坐，传杯交盏，甚是快活。饮至半酣，公子对十娘说："你唱的歌非常优美，在六院之中是第一流的。我初次与你相遇，每听你唱到好处，总不免神思飞扬，怦然心动。然近段日子事与愿违，多是磨难而好久没有听到了，今夜清江明月，夜深无人，可愿意为我唱一支歌？"十娘也兴致极高，便清清嗓子，以扇击拍，幽婉地唱起了元人施君美《拜月亭》杂剧中的"状元执盏与婵娟"一曲，直唱得"声飞霄汉云皆驻，响入深泉鱼出游"。

离他们这条船不远处有一船，船上有一名少年，姓孙名富，徽州新安人氏，家资巨富，祖辈都在扬州制盐。孙富年方二十，也是南雍（即南京的国子监）中学生。他生性风流，常去青楼寻花问柳，恣意寻欢，其荒淫轻薄是出了名的。也合该有缘，这夜他也将船停在瓜洲渡口，独自喝酒，很是无聊。突然听到不远处传来嘹亮的歌声，竟自动听，便走到船头，仔细倾听，才知这歌声就出自相邻的那条船。正想去拜访，歌声突然停止了。于是派随从偷偷地去看个究竟，问那船主，只知道是李公子雇的船，却不知道那唱歌的人的来历。孙富在想：这个唱歌的人肯定不是良家妇女，我怎样才能去见她一见呢？辗转寻思，通宵不曾入睡。挨到五更，忽然听到江上起了大风，到天亮时，彤云密布，大雪纷纷飘飞。就因这大风雪，船自然不能走了，孙富命令艄公把船移近李公子停船的地方。孙富头带貂帽、身穿狐裘，推开窗户装作在观赏雪景。这时正赶上杜十娘梳洗完毕，细嫩玉手揭起船边的短帘，往外泼水，容貌微露，正被孙富看见，果然是国色天香。一时间魂摇心荡，盯着原来那揭短帘的地方，等待再看她一眼，无奈久久不曾再见。想了半天，便故意靠窗高声吟咏高启的《梅花诗》中的两句：

雪满山中高士卧，月明林下美人来。

李甲听到邻船有人吟诗,探出头来看是什么人。不想他这一看正中孙富下怀,当下慌忙拱手相问:"请问老兄尊姓何讳?"李公子见问便报了姓名,此后便也少不得回问孙富姓名,之后又说了些太学中的闲话,便逐渐亲热起来。孙富趁机说:"风雪阻舟,这是上天让我与尊兄相识,实在是小弟三生有幸。在船上待着没事,想请老兄一起上岸喝一杯,也顺便恭听老兄教诲。"李公子说:"你我萍水相逢,怎么可以冒昧打扰你呢?"孙富说:"说哪里话,四海之内皆兄弟,何必客气?"说完令艄公打跳,童儿撑伞,接李公子过船,并在船头作揖相请,然后请公子先行,自己随后,均登跳上了岸。

没走多远,就有一个酒楼。两人上楼,找了一个干净的坐处。酒保摆上酒菜。孙富举杯相劝,两人边饮酒边赏雪。说话伊始自是些斯文话题,后来说着说着便说起烟花之类的事来。两人都是此中的好手,可谓志同道合,一番感慨,仿佛人生知己一般。孙富见时机已经成熟,便屏去左右,低声问李甲说:"昨夜你船上唱歌的是什么人?"李甲这时正想夸耀自己在烟花方面的能耐,便实话实说:"她是北京名妓杜十娘。"孙富说:"她既已为卖娼中人,为什么跟随老兄了呢?"李公子便把初遇杜十娘,如何相好,后来如何要从良、如何借银两赎她等一系列事因根源详细地说了一遍。孙富问:"兄携丽人而归,固然是好事,但不知你家里是否接纳她？"李公子说："妻子那边不需要担心，担心的倒是我父亲那严厉的性格，所以现在还在犹豫！"孙富将计就计，趁机追问："既然你父亲未必能容忍，兄所携丽人，怎么安顿呢？是不是已曾与丽人商量过了？"李公子皱起眼眉回答说："这件事我已与她商议过。"孙富欣喜地说："丽人一定有高招。"李公子道："她想先侨居苏杭一带，让我先回家，请求亲友恳劝家父同意之后再回去。你认为这样好吗？"

孙富沉思了好一会儿，然后故作愀然之色说："小弟与你刚相识，交往时间短，如果说多了我怕为兄见怪。"李公子说："正想请教你有什么好办法呢，不必这么客气。"孙富说："你父亲作为掌握一方重任的政区长官，一定会严格反对不合规矩的男女交往。平时都责怪你出游在外的非礼之处，现在怎么会允许你娶一个妓女呢？更何况你家亲友谁不迎合你父亲的意思呢？你去求他们也是枉然，肯定不会同意。即便有那么一个不识时务的人去帮你说情，如果见到你父亲他也会转口的。你携丽人回去不能使家庭和睦，不携回去又无法向丽人交代，即使你们侨居苏杭，毕竟不是长久之计。万一旅费用光了，到那时岂不是进退两难。"

李公子想想自己手中只有二十余两银子，听孙富如此一说，不由点头称是。孙富紧接着说："弟还有一句心里话，不知为兄愿不愿意听？"李公子说："承蒙仁兄错爱，请你把话说完。"孙富说："疏不间亲，还是不说的好。"李公子说："但说何妨？"孙富说："古人有句话是说'妇人水性无常'，何况又是烟花中人，很少讲真话的。她既然是六院名妓，认识的人肯定很广，说不定她在南方有原来约好的人，如今借你的力量，把她带来，以实现他们团聚的愿望。"李公子说："这恐怕不太可能。"孙富说："这点虽然不太可能，但江南的男子最善于勾引，你留丽人单独侨居，难保不会有偷情幽会的事发生。如果再携她同回，将更加触怒你的父亲。如今看来是没有好办法了，何况父子关系乃天意所赐，一定不可以断绝。如果为一个女子而冒犯父亲，因为一个妓女而抛弃家庭，天下人必定认为你是一个浪荡不正经的人。到那时妻子不认你为丈夫，兄弟不认你为兄长，朋友不认你为友，你怎么能在这人世上待下去呢？老兄你现在不可以不好好想想的。"

李公子听他这么一说，一时傻了眼，心里甚是茫然，于是靠近孙富轻问："按你的意思，我该怎么办为好呢？"孙富说："我有一个办法，对你来说很是方便，只怕老兄沉溺枕席之爱，不一定能行得通，说也是白说！"李公子说："你如果真有良策，使我再次拥有家园之乐，便是我的恩人，又何必避而不说呢？"孙富说："兄在外游历一年多了，你父亲对你的恼怨，妻子对你的失望，如果换了我处于你这种境地，说实话，我一定会感到寝食不安。你父亲之所以恼你，是因为你迷恋烟花女色，挥金如土，以后肯定会是一个倾家荡产的人，不能继承家业。你现在空手回去，更加触怒你的父亲。你如果可以放弃丽人，见机行事，我愿以千金相赠。你拿到这千金之后，回去交与父亲，说是北京教书所得，并没有浪费一分钱，你父亲肯定会相信。从此家庭和睦，均无二话可说。顷刻之间，化祸为福。请兄三思，我并非是为贪丽人的美貌，而实在是为你着想而已。"

李甲本就是一个缺乏主见的人，又生性害怕他父亲，如今被孙富这一说，正中胸中的积虑，便起身作揖说："听了老兄教诲，茅塞顿开。只是十娘千里相从，情意上难以马上断绝，请允许我回去与她商议，得到她的答复后，当马上告诉你。"孙富说："商议时，你说话语气要委婉。她既然十分钟情于你，必定不会忍心你父子分离，而会答应使你轻松地返回家乡。"两人又喝了一会儿，孙富见风停雪止，天色已晚，遂付了酒钱，与李公子携手回船。

这天，杜十娘在船上摆设酒果，想与李公子小酌，没想到他久久不回来，于是点灯等待。待公子从岸上走下船来，十娘起身迎接，见公子神色不对，便斟满一杯热酒抚慰他。不想公子摇了摇头，一言不发地竟独自上床睡了。

这下弄得十娘很不高兴，于是收好杯盘，帮公子解衣就寝，问道："今天发生什么事了，你这样不高兴？"李公子连连叹气，也不言语。十娘问了三四次，公子竟睡着了，她放心不下，便坐在床头没有一点睡意。

等到深更半夜，李公子忽然醒来，又叹了一口气。杜十娘问："郎君有什么不好说的事呢？竟这样接二连三地叹息。"李公子拥被坐起，几次欲言又休，眼泪忍不住直刷刷地掉了下来。杜十娘把公子揽入怀里，轻轻地安慰说："我与郎君相爱已快两年，历尽千辛万苦才有今天。然而我随你走了数千里，你都不曾悲凄，现在将要渡江，就可以过快乐生活了，你为何反倒伤悲起来？其中必有原因。夫妇之间，生死相共，有事你尽管与我商量，不该有顾虑。"李公子被逼不过，便忍痛含泪说："我游历在外，承蒙你不嫌弃，并委身与我，这是你的大恩大德；然而，我思来想去，父亲那边拘于礼法，并且生性严肃，恐怕会大发雷霆而将我驱逐，你我流浪将何时才能停止？夫妇之间的欢乐难保，父子之间的关系又断绝。今日白天承新安孙友邀我一起喝酒，为我考虑这件事，真是令人心如刀割一般。"

杜十娘吃惊地问："郎君的意思将要怎么办呢？"李公子说："我是局内之人比较迷惑。孙友为我出了一计很好，但恐怕你不会听从。"杜十娘又问："孙友是什么人？他的计策如很好，为什么不可以照办呢？"李公子说："孙友名富，新安盐商，是一个风流少年。昨夜里听见你的歌声，因此问及。我把你的来历说了，并说了难以回家的原因。他想用千金娶你，让我得千金，以便找个借口见父母，而你也可以有个安家的地方。但是感情上舍不得你，所以悲伤而落泪。"说完,更是泪如雨下。

杜十娘撤回两手,冷笑着说:"为郎君出这计谋的人,真是个大英雄!郎君又可拥有千金,而我跟随别人,又不至于被行李所累。确实是两全之策。那千金在哪儿?"李公子停止了流泪,说:"没有得到你的同意,银子还在他那里,没有给我。"杜十娘说:"明天早晨快去答应他,不要错过这次机会。只是银子很重要,必须得给足,等交到你手里之后,我才可以过去,千万不要被臭商人所欺骗。"

四更天时,杜十娘便点灯梳妆,说:"今天这打扮是迎新送旧,不比平时。"于是浓妆艳抹,刻意修饰,一时间打扮得婀娜多姿、光艳照人。打扮完后,天也开亮了。孙富差家童到船头等回信。杜十娘偷偷地看了李公子一眼,见他满脸释然好像还有些高兴的样子,便催促公子快去回话。李公子亲自来到孙富船中,告诉他杜十娘已经答应。孙富说:"给你银子很容易,但必须拿到丽人的妆台才能相信。"李公子又回告十娘。杜十娘随手指着描金文具说:"可叫人抬去。"孙富很是高兴,立即取出白银一千两,如数送到李公子船中。杜十娘亲自查看,分文不差,于是一手撑船舷,一手缘孙富手过船。孙富这一见她,早已魂不附体。杜十娘开口说:"刚才那箱子可暂时取出来,里面有李公子路引一张,拿出来还他。"

孙富见杜十娘已为"瓮中之鳖",便命家童把那描金文具拿出放于船头。杜十娘取出钥匙开锁，里面全是抽屉。杜十娘叫李公子抽出第一层来看，只见瑶簪宝珥，塞满了整个抽屉，大概可值数百两银子。杜十娘把它投入江中。李甲与孙富以及两条船上的其他人都无不吃惊。杜十娘叫李甲再抽出一个抽屉，里面全是玉箫金管；又抽一屉，里面全是古玉紫金玩器，大概可值数千两银子，杜十娘把它们尽投入水中。船上、岸上的人，来了许多围观的，都大声直呼"可惜"，却又不知是什么原因。最后又抽出一屉，屉中又有一匣子。开匣一看，有一大把夜明珠，其他的还有祖母绿、猫儿眼等诸般珍宝，连见都没见过，更不用去估摸它们的价值了。船岸上人齐声喝彩叫好，一时间喧声如雷。杜十娘又想把它投入江中。李甲不禁觉得十分后悔，抱住十娘恸哭。那孙富也过来劝说。

　　杜十娘推开李公子，指着孙富说："我与李郎历尽艰辛，好不容易来到这里。你却起了歹心，瞎说胡编，如今破了我们的婚姻，断了我们的恩爱，你是我的仇人，如果死后有知，我一定报告神明，你还妄想枕席之欢？"后又对李甲说："我落入风尘数年，私自有些积蓄，本来是为终身生活之用的。自从遇到郎君，山盟海誓，死不变心。在我们离开京城之时，假托众姐妹相送，箱中所藏百宝，不下万金，准备将来为郎君添些衣裳，回去拜见父母；也许他们可怜我有心，收留下我，终生伴你，我也死而无憾了。谁知你十分不相信我，被别人的谣言所动摇，中途抛弃我，辜负了我的一片真心。今天当着众人的面，打开箱子让你知道，区区千金对于我来说并非难事。我守身如玉，遗憾的是郎君有目无珠。我命运不好，在风尘中困了这么些年，今天刚脱离这风尘苦海，又遭到了你的抛弃。现在在场的都看见听见了，可以共同作证，我没有背弃郎君，是你背弃了我！"

听完这话，围观众人无不感动得流下泪来，纷纷责骂李公子负情薄义。李甲又羞耻又痛苦，边后悔边哭泣。刚想向十娘请罪，只见十娘抱紧宝匣，纵身跳入江心。众人急呼捞救，但江心云暗，波涛滚滚，哪里还有踪影。真可惜一个如花似玉的名妓随水而去了。

当时站在一边的人一个个咬牙切齿，争相着要过来打这李甲和孙富，吓得李甲、孙富两人，手忙脚乱，狂叫开船，分途逃走了。李甲回到船舱，面对那千两银子，终日惭愧和悔恨，后因积郁过度而发了疯，终生没有治好。孙富自那天受惊之后，回去便得了病，整天躺在床上，心里总觉得杜十娘在旁边唾骂他，一个月之后便气绝身亡了。

却说柳遇春在北京的国子监学习期满，转回家乡的途中，把船停在瓜洲。这天他到江边打水洗脸，不小心把铜盆掉进了水里，便请渔人帮他打捞。等捞上来一看，不是铜盆，却是一个小匣。柳遇春把匣子打开来看，只见里面光彩照人，原来装着的全是明珠等无价之宝。遇春重重地赏了渔

人一些银子,便把小匣儿放在床头观赏。这天夜里,他梦见江中轻盈地走来一个女子,仔细一看,原来是杜十娘。她走近柳遇春,向他道了个"万福",并把李甲薄情负义的事告诉了他,接着又说:"过去承蒙你的帮助,本想在我与李公子结婚之后慢慢报答你的,没想到这事就这样结束了,然而,每每想起你的热情帮助,总是忘记不得。今早晨曾托渔人为你送去一小匣,表示一点谢意,此后再也不能相见了。"言罢,柳遇春猛然惊醒了,此时才知道杜十娘已经死了,为此他还叹息了好些天。

吴三桂冲冠一怒为红颜

陈圆圆,江苏昆山有名的歌妓。她不但有一副美妙动人的歌喉,而且还有一副美丽绝伦的相貌,她的歌声和相貌都是当时绝无仅有的。明崇祯十六年,总兵吴三桂景仰陈圆圆之名,想以重金聘娶,待他赶到陈圆圆住处时,那里早已人去楼空,因此归途十分颓丧。与此同时,陈圆圆也非常想嫁与吴三桂,她也因这一愿望未能实现而满心忧郁。只是在吴三桂未来之前,她就被年老昏庸的田畹抢了去。田畹狗仗人势,他是崇祯皇帝爱妃的父亲,谁敢把他怎样?孤苦无奈的陈圆圆自然没有办法,只好以歌抒情,常常吟唱她所钟爱的曲子——《高山流水》,尽管有田畹在一旁击拍"伴奏",但毕竟不能知道她唱吟此曲时其内心那隐藏的思想呀,路茫茫,人茫茫,知音何处?眼前尽是凄凉!

崇祯十七年春天,农民起义风起云涌,明王朝上下一片惊慌。尤其是崇祯皇帝日夜难眠、茶饭不思。田贵妃便回转

家中，想请老父亲想办法，让皇帝忘却忧愁。田畹听说这些情况后，也很焦急，于是想用陈圆圆这样的美人去宽解皇帝的忧虑之心。陈圆圆也很希望能得到皇帝的垂爱，便好一阵子打扮，最后被送进宫去。然而，此时的崇祯哪里还敢贪恋美色，他几乎是面无表情地瞅了陈圆圆几眼，之后心情沉重地将陈圆圆退回田畹那儿。就在这年，李自成领导的农民起义军，以破竹之势，浩浩荡荡地直奔京城而来。皇帝慌忙召来吴三桂商量对敌策略，并把所有的希望寄托在吴三桂身上。这时，农民起义军已逼近京城，全城官家豪富均是一片恐慌，人人都在准备逃命。面对王朝将灭、大厦将倾的局面，田畹心中也是非常痛苦与不安，怎么也想不出一个自己能逃过这场灾难的办法。他把这个心事谈起，正中了陈圆圆下怀。她说："遇到时势危难而明公却无人可以依靠，大祸将很快降临。你何不与吴三桂将军结成好友呢？他目前正为皇上所倚重，又重兵在握，或许在这危难当头之际他能帮助你呢！"

田畹叹道："现在这种景况，我即使想和他拉交情叙友谊，恐怕他也没有时间顾得来了。"

陈圆圆应道："吴三桂将军向来羡慕明公家中歌舞女乐之盛。您应该以石崇卫尉的教训作为前车之鉴，他把美人绿珠隐藏在金谷园中，不肯让人看，以至于玉石俱焚。到那时，即便金谷园门再牢固，也是锁不住的呀！如果您以歌舞女乐相邀吴将军,我想他一定会前来的。"

田畹沉思半晌,觉得圆圆所说很有道理,于是便备礼亲往吴三桂处,盛情恳请吴三桂去他家观赏歌舞。吴三桂一听,心中大喜,但在表面上,他却故意以重任在身、无暇光顾为借口大摆架子。田畹无奈,只好一再赔笑恳请,吴三桂才"勉强"答应下来。

吴三桂如约前往田家,只见他戎装在身、佩剑在腰,即便是入席端坐之后,也仍是神色凛然,一副不可冒犯的样子。田畹以十分丰盛的佳肴美酒和恭敬的礼节接待了他。酒过三巡,吴三桂便起身告辞,吓得田畹慌忙令人另上一桌酒席,请他入内室饮用。在这室内,田畹叫出所有的歌女,调好管弦歌吹。这群歌女一个个长得都非常美丽,其中尤为令人注目的是那位领唱的美女。只见她浓妆淡抹,两眼流盼生辉、歌喉圆润甜美、情艳意娇,直把吴三桂看得神魂颠倒、春意昂扬。忘形之时,忙令左右帮他卸去戎装,穿上轻裘,忍不住地问道:"领唱的那位女子莫非就是陈圆圆?真是足以'一顾倾人城',明公竟然不因拥有她而感到恐惧吗?"田畹听吴三桂如此一说,不觉愣了,半天回不上话来,慌忙传命陈圆圆来给吴三桂斟酒。

陈圆圆上得前来,吴三桂笑问道:"你觉得十分快乐吗?"

陈圆圆没有直接回答,而是小声地说道:"红拂尚且不

以侍奉越国公杨素为乐,何况那位及不上越国公的人呢?"吴三桂点头会意,心中甚是喜悦。就在他们欢歌畅饮之时,军情警报是一个接一个地传来。吴三桂心中不愿离开这里,但重任在身,又不得不离开了。在吴三桂即将离席之际,田畹赶紧不失时机地请问道:"如果贼寇入城,该怎么办呢?"

吴三桂起身答道:"如果能以圆圆相赠,我当以保护明公家庭的安全为重,以保卫国家的安全为其次。"田畹无奈,只得勉强应允。之后,吴三桂让圆圆拜辞了田畹,然后她便被吴三桂的随从送往吴家去了。此时此刻,田畹虽然倍感失落,但也无可奈何,只希望以此能换得自己平安无事。

军情十万火急,崇祯皇帝频频派人催促吴三桂赶往山海关御敌。在京都掌管御营侍卫兵马的吴三桂之父吴骧,害怕儿子在这种情况下还带歌女前往前线,万一被皇帝知道了,可是死罪呀!于是命令吴三桂先把陈圆圆留在家中,不让她同去。

吴三桂离开京城不久,李自成所率领的农民起义军便攻陷了京城。崇祯皇帝自感王朝气数已尽,无望之下,在煤山上的一棵树下上吊身亡。后来农民起义军冲进并占领了皇宫,宫中之人已死伤大半,还有一些也四散逃命去了。

一天,李自成责问内宫太监道:"后宫美女三千,难道就没有一个天姿国色的?"内宫太监颤声答道:"皇帝摒弃女色歌舞,所以后宫少有美人。但有一位名叫陈圆圆的歌女，据说她的歌声和相貌都是世上罕见的，田畹曾经想把她敬献给皇帝，不过被皇帝拒绝了。后来田畹为了求请吴三桂保护他全家性命而把陈圆圆送与了吴三桂，陈圆圆现在在吴三桂父亲吴骧那儿。"事也凑巧，吴骧这时正好向起义军投降，李自成便借机他向索要陈圆圆，并让他劝自己的儿子吴三桂也投降义军。吴骧没有办法也就同意照办，家产被抄，陈圆圆也送入了李自成之手。

李自成得到了陈圆圆这么一美人儿，自然欢天喜地，并当场令她唱歌。陈圆圆便唱起了《吴歌》，土里土气的李自成生性不喜欢听吴音，刚才还堆满笑容的脸突地阴愁下来，道："人长得这么美丽动人，而她的歌声却怎么这样难听呢？"于是改由群女唱秦调，这些女姬都持阮筝、琥珀，李自成自己拍手和声，歌声繁细激越，令人听后心里不知是什么滋味。但李自成非常得意地问陈圆圆说："这个乐曲怎么样？"

陈圆圆不无讽意地答道："此曲只应天上有，人间能得几回听！"一语双关，但李自成未能听出深意，反而又高兴起来。此后对陈圆圆也是百般宠爱。

与此同时，李自成听说吴三桂接到父亲的劝降信后准备归顺自己，于是传令使者，带白银四万两前去山海关犒劳吴三桂的军队。就在这时吴三桂突然接二连三地听侦探报告，说李自成已抄了他的家产，关押了他的父亲。吴三桂在想：

"等我回京归顺之后,李自成自然会归还财产,放我父亲的。"当他问及陈圆圆的情况之时,探子来报说是让李自成抢去了。吴三桂听后,不由大怒,当即拔剑在手,劈在桌上说:"如果真是这样,我吴三桂还会跟从你李自成吗?"于是,当即修书一封,派人送给他的父亲,信中说:

> 我因为您的功勋,任职于军队之中。原以为李贼虽然一时猖狂,不久当即扑灭。不想国家无人,望风披靡。近闻圣上晏驾,不胜悲愤。犹以为我父自当奋力一击,誓不与贼共存,否则,也当自刎以殉国难。何以忍辱偷生,更兼致书与儿,教以降贼的不义之举。既无孝宽御寇之才,复愧平原骂贼之勇。父既不为忠臣,儿安能为孝子乎?儿今与父诀别,不早灭贼寇,虽将父亲置之于油鼎、刀俎之旁,以诱三桂归降,儿终不顾也!

此后不久,吴三桂前往清军营中,请求清军入关帮助他剿灭李自成所率领的农民起义军。李自成得知吴三桂抗兵不降之后,也十分恼怒,于是出兵讨伐,但在进军途中,与清兵相遇,大败而归,清军便乘机而入,大举进关。李自成一怒之下,杀了吴骧一家三十余口,并准备将陈圆圆一并处死。陈圆圆闻讯后对李闯王说:"听说吴将军原已打算全军归降的,后因为我的缘故而改变主意,兴兵对抗的。如今您杀了我陈圆圆倒不可惜，只怕因此而使吴将军下决心与大王为敌，那就很不利了。"李自成听了觉得有些道理，便改变了主意，准备把她带走。陈圆圆又说："我一早就侍候大王了，心里怎么也想跟大王一起出走，但我害怕吴将军因为我的缘故而全力追赶我们。那时，大王如果能打得过他，我就立即整装出发，请大王三思。"这样一说，李自成不由得又有些迟疑难决了。陈圆圆见机继续说道："我替大王着想，把我留下来作为缓兵之计，待我见到吴将军后，再竭力说服他不再去追赶你们，以报大王知遇之恩。"三思之后，李自成觉得这样做比较顺应时势。于是，他留下陈圆圆，带了一彪人马仓皇西逃。这时候，农民起义军已无斗志，人人自危，军不成军，伍不成伍了。

攻占京城之后，吴三桂便派人四处寻找陈圆圆，找到之后，两人自是悲喜交集，恩爱无比。这时的吴三桂哪里还管别的，因此也无须陈圆圆去劝他，他本就不想去追赶李自成的军队，是谓"穷寇莫追"。

大清王朝成立之后，皇帝加封吴三桂为平西王。吴三桂也别无他求，乐得在云南修建了一座宫殿，日夜在宫内听陈圆圆歌唱抚琴。陈圆圆常常为吴三桂唱汉高祖的那首《大风歌》，喻吴三桂为胸怀大志的汉高祖刘邦，吴三桂自然百听不厌，得意洋洋。除此之外，吴三桂常喜借酒兴而拔剑起舞，俨然一副奋发有为、意气昂扬的样子。每每这种时候，

陈圆圆总不失时机地举杯敬酒,祝福吴三桂长寿,并称吴之神武是他人所不能及万一的。直捧得吴三桂云里雾里,对她更是百般宠爱。这样过了几十年,他们之间的爱情有增无减。后来吴三桂想叛变,表面做出一副礼贤下士的谦恭之态,暗地里却纠结天下之士以谋起事。相传这其中的许多事情都是他与陈圆圆共同商讨谋划的。吴三桂并非像某些传说那样,是一位报效国君生父的大忠大孝之人。他到清廷乞师是为了夺回陈圆圆,而不是像申包胥那样为了复国。

此后,吴三桂南面称王,享尽荣华富贵。三十年后起兵兴风作浪,终被清王朝诛灭。

明末清初著名诗人吴伟业所著《圆圆曲》中的"冲冠一怒为红颜"写的就是这个故事。

因贫富张氏姊妹易嫁

山东掖县有一户穷苦人家,主人毛大牛佁中年娶亲,生了个儿子名叫毛维之。维之五六岁时,常经过私塾门口,每每望见那些与自己一般大的孩子在念书,心中非常羡慕,回到家也就成天地缠着父母说要上学。家里穷得不行,哪里上得起学,无奈之下,父母只好花了一点儿钱买了一本识字本,由着维之东求西问地认几个字。不想那维之天资聪敏,又有强烈的求知欲,一本识字本没过半个月便记得很熟了。此后,他常请求父母把生活中节省下来的那几个钱,给他买上一两本书来读。村里正在上学的小孩子和多少读过一点儿书的老农、商贩,都成了维之的老师,只要一有机会,他就诚恳地向别人求教。

维之一边放牛,一边用心地读书。到十一岁那年,他已经半懂不懂地读了几十本书了。想多读点儿书的愿望越来越强烈,买书需要的钱也越来越多,而父母却拿不起了。维之

只好自己低声下气地向别人去借书看。每当借来一本新书,他总如获至宝,认认真真地读,不弄折书的一角,一两天之后,又去请求换另一本。

当地有一个张大户,四十多岁年纪,虽然家庭很富裕,但由于从小受父母娇惯,没念过书,如今年纪大了,仍目不识丁,经常为此而懊悔。现膝下有两男两女,他立志要把儿子们培养出来,于是专门请了一个有学问的老师在家里教读。平时,他还给儿子们买了大量的经、史、子、集等书籍。然而,两个儿子根本不争气,天天贪玩而不爱学习,成绩很是一般。

维之知道张大户家藏书丰富,但都簇新没有人翻过。一天,他上门去求见张大户,吞吞吐吐地说:"我给你家放牛,不要工钱,只希望你能常年借书给我看。"这张大户正在为儿子的不爱读书而烦恼,见维之小小年纪竟如此好学,于是满口应承,并让自己请的家庭教师指点指点他。这教师原也是穷人出身,对维之很是同情,此后便尽心指导他,平时还常在张大户面前夸赞他。

张大户觉得维之值得好好培养,于是同他父母商量,让维之到张家来,与大户的两个儿子一起读书。两年后,不但维之大有进步,连那两位不爱学习的小主人也因为有了好同伴而大有长进。这样一来,张大户更加喜欢维之了,并且决定把自己的大女儿许配给他,让他作为没过门的女婿在家攻读诗书。

张大户爱才，嫁大女儿的打算被他大女儿知道以后，她又羞又恼，于是常在背后埋怨父亲，并发誓："宁死也不嫁毛大牛倌的儿子！"张大户听说以后，只当她小，还不懂事，也就没去在意。

转眼工夫，不觉又过了几年，维之读书日有长进，但由于过去基础不好，两次参加考试都没有考中。十八岁这年，父亲因山洪暴发而被淹死了，维之只好回到家中陪着母亲生活。张大户见维之与大女儿已到了婚配的年龄，于是在征得毛家母子同意之后，择了吉日，准备把大女儿嫁过去。

不想这大女儿态度一点儿都没改变，不管父母怎么劝她，她就是不同意嫁给维之。她甚至对母亲说："你喜欢他你上轿，我可不嫁他！"

到了迎亲这天，新郎毛维之领着花轿来到张家，大女儿却头也不梳，脸也不洗，把父亲为她准备的新衣扔了一地，一个人躲在屋里不停地哭，说什么也不愿梳妆上轿。张大户急了，不停地劝她：

"毛维之是阿爸相中的好男儿。"

"有什么好？满身的牛屎味。"

"他刻苦读书，以后一定会很有出息。"

"他的出息像他父亲，一辈子放牛。"

"生活上由阿爸负担你们，好不好？"

"有什么好,出了门还靠娘家,那还嫁什么男人啊?"

好说歹说一句话,她就是不同意。她母亲生性老实,不爱说话,此时更是帮不上话。张大户的两个儿子在外厅陪着维之,等得久了,便轮流着进来催促,而大女儿则是铁了心不出去。

一个时辰过去了,张大户劝也不行,骂也没用,而女婿又在外厅干等着,真把张大户气得老泪纵横,不知该怎么办才好。

张大户有个小女儿,比姐姐小两岁,这时也在一边帮着父亲劝大女儿:

"姐,你看,阿爸都快急疯了。"

"这我管不着!"

"毛家那哥,咱们小时候都见过的,他不但人品好,性情也蛮不错,这次你就听阿爸的,好吗?我想阿爸不会看错人的,去吧,姐!"

面对父亲,大女儿毕竟还顾忌着大小礼仪,如今听小妹也这样"教训"起自己来,马上就火了:"人品、性情好又能咋的,能当饭吃,还是能当钱花?死妮子,你也跟着说他好,逼我嫁他,既然他那么好,你为什么不嫁给那穷放牛的?"

这个时候,二女儿也不生气,继续心平气和地说:"姐,你别生气嘛!阿爸当年许配给毛家的是你而不是我;如果是我，即使他们家再穷、再苦，我也会去，根本不用人来劝我！"

张大户正愁眉苦脸地想不出办法，如今听她姐妹俩这一说，想想大女儿这死脑筋无论如何也不会同意了，而二女儿既听话又聪慧，想到这里心里便有了主意。主意拿定之后，便请老伴儿把二女儿叫出来，含着泪对二女儿说："好闺女，你姐那牛脾气，你也是知道的，不管想什么法子去劝她，她也不会同意。如今毛家迎亲的人在外厅等了很久了，你阿爸急得也真是没法子。毛家维之你是知道的，他家里虽然穷点，但他有志气，又好读书，以后一定会有出息的。"张大户望了一眼二女儿，继续说，"现在，实在没有别的办法了，阿爸想让你代替姐姐嫁过去，你说行不行？"

二女儿听阿爸如此一说，不好意思地低头不语，想想阿爸说的也有道理，何况阿爸又急成了这个样子，一会儿她轻声地说："阿爸都急成了这个样子，想来也没有别的办法了。毛家也只不过穷些，不见得终生没饭吃。我听阿爸阿妈的就是了。"

二女儿的这一席话，总算使张大户夫妇那悬着的心放了下来。也只有这么办了。于是一家大小又忙开了，匆匆忙忙地让二女儿梳妆打扮起来，大女儿见小妹愿意代替自己去嫁那穷放牛的，她不但不感激，反而火冒三丈，嘴里不无讥讽地对小妹说："小妹，你愿意嫁那放牛娃，这倒显得你很懂

道理。但是,你要想到,嫁出去的女儿如泼出去的水,如果你出了这门之后还靠爹娘生活,要这要那的,就算不得有志气!"

二女儿也不去理她,梳完妆,便从容登轿嫁到毛家去了。

成亲之后,维之也听人说起了妻子姊妹易嫁的事,心里感慨非常,对二女儿也益发敬重,夫妻十分恩爱。毛家的生活的确十分清苦,但二女儿决心要争口气,便谢绝了娘家的一切资助,每天帮着婆婆一起不停地纺线织布,来维持生活,让维之专心读书。

大女儿拒绝了毛家这门亲事之后,张大户按照她的心愿,把她嫁给了富家子弟,在婆家饭来张口,衣来伸手,小日子过得很是荣华奢侈。每逢过年过节,女儿女婿都得回女方家探亲,这姐妹俩自然少不得见面。每当想起自己珠翠满头、绫罗满身,小妹却荆钗布裙、满身穷酸的样子,大女儿总免不了得意非凡。想当年自己算是做对了,不然也将这样受穷一世。可二女儿夫妻相爱,日子虽然苦些,但也蛮有乐趣,因此也没什么后悔可言。

两年之后,张大户夫妇先后去世了。两位哥哥主持了家业。没过多久,大女儿便为些金钱方面的事跟他们吵翻了,从那以后不再与哥哥往来。这边毛维之在妻子的支持下,发愤读书,终于中了秀才,不久又中了举人,生活逐渐宽裕起来，二女儿也因此成了孝廉夫人。与此同时，大女儿的丈夫由于不务正业，天天吃喝嫖赌，家境一年差似一年，夫妇俩总是吵闹不休。相比之下，大女儿心里便再也难以平静了。有时候走在路上，只要看见小妹的轿子，她就远远地躲开，不好意思相见。

三年过去了，大女儿的丈夫在挥霍完家产之后也死了，他生前与大女儿没有生下子女，便只留下大女儿一个人，孤零零地独守穷困。而这一年，小妹的丈夫维之进京会试又中了进士，留在京城做起官来了。

一天，大女儿掖着个破竹箩，上街去买米，突然看见前方一群骑着骏马的奴仆，簇拥着两辆华丽的马车疾奔而来。过去一打听，才知道是妹夫派来接小妹进京的人。街坊有些知道张家姊妹易嫁的人，见到大女儿那狼狈相，在一边议论开了。大女儿隐约感觉到了，便米也不买了，赶快溜回了家里，关上门，心中后悔不已。她想这个"夫人"的位子本是自己的，不想自己当年硬是哭哭啼啼地推给小妹，真是"哑子吃黄连，有苦说不出"。这样辗转了一夜，越想越觉得丢人，于是剪了头发，第二天一早便上寺庵当尼姑去了。

这之后二十年，毛维之平步青云，官至尚书。官高势也大，真是今非昔比。如今他在故乡买了田地，造了府宅，夫人有享不尽的荣华富贵。而住在尼姑庵的大女儿呢？她日日夜夜、长年累月地在清冷的尼姑庵里念经拜佛，没个完了。

五十岁这年,毛尚书携家眷回乡定居,地方官吏、绅士纷纷前来拜见。大女儿在尼姑庵里,日子是一天比一天清苦,当她听说小妹荣归故里,便想也许能得到一些好处。于是派了一个小尼姑前来问候。二女儿向来心善,她知道大女儿心高量窄,此时日子也不会好过。在一阵寒暄之后,封了一百两银子,装在一只果盘底层,上面又放些水果、点心等,装置完毕,派一家奴捧着,随小尼姑去送给姐姐。大女儿打开果盘一看,见装的净是水果、点心之类的东西,很是恼火,心想小妹竟这样绝情。于是她生气地对家奴说:"回去告诉你家夫人,出家人缺少的是柴米,这些好东西我们享用不起,我不要。"于是又令小尼姑与家奴把东西退了回去,毛维之听了回话,看到盘底里的银子还在,不由十分感慨:"想不到,姐姐这么大年纪了还是以前的小器量,爱用自己的心思去忖度别人。"当下拿出白银二十两交与小尼姑,并嘱她告诉师父,以后每月二十两,月月照送。大女儿听小尼姑把情况说了一遍,心下黯然。此后,她便在不散的烦闷中积郁成疾,没过多久,便告别了人世。

失美人顺治帝皈依佛门

顺治帝定尊北京之后,明朝降将洪承畴因剿灭明军有功,被封为两江总督,驻守杭州。他的府宅对面住着一位绝色女子,于是他很想娶她为妾。

这位绝色女子就是当时江南名妓董小宛,她因避战乱,从南京秦淮河的"天香园"来到杭州,并与慕名而来的世家公子冒辟疆结为连理枝、并蒂莲。

洪承畴知道以后,便带领几名侍从闯进冒家,声称:"闻得冒公子系江南名士,特来拜访。"冒辟疆乃明末爱国团体"复社"成员,非常痛恨洪承畴之流,因此态度十分冷淡,话中带刺,弄得洪承畴十分恼怒。没过多久,冒辟疆就招呼送客。恼羞成怒的洪承畴回到家后,令手下买通了当地的一些恶少,到处扬言说冒辟疆结党遗老,意欲谋反,准备将其捉拿归案。冒辟疆听到这一消息,知道是洪承畴使的诡计,匆忙之下,只好先去九溪避风头。

这之后没过几天，洪承畴的手下带兵闯进冒家，没捉到冒辟疆，便将董小宛抢入洪府。洪承畴软硬兼施，想娶她为妾，董小宛死命不从，无奈之下，他便将董小宛关入牢房。

冒辟疆归来，听说爱妻被洪承畴抢走，悲痛欲绝。思前想后，竟一点办法也没有，便决定赶往京城找伯父钱谦益，请他帮助营救。

身为礼部尚书的钱谦益，听这个不远千里赶到京城求助的侄儿说过事情经过之后，便连忙写了奏章，于第二日早朝呈顺治帝批阅。顺治帝知道后十分震怒，特令董鄂王到江南查勘。临行前，顺治帝暗嘱董鄂王："江南山清水秀，素出美女，皇伯此行若遇绝色佳人，可顺便带进京来。"董鄂王奉旨而退，不几日到了杭州，把洪承畴吓得六神无主，不得已把自己想娶董小宛为妾、而小宛不从的事全盘交代出来。董鄂王不无威胁地说："你身为朝廷命官，居然强抢民女，若按刑律，当押你进京治罪。现在只要你把董小宛交出来，由我带去北京，在皇上面前，我可帮你说成是你原想进京献给万岁的。这样不就可以没事了？"洪承畴听完，赶紧千恩万谢地同意了。为感谢他的解救之恩，自然少不得向董鄂王送些珍宝。

第二天，董鄂王与洪承畴携董小宛启程进京。到了京都，顺治帝初见董小宛，便赞叹其果然是绝代佳人。他不由心花怒放，连连称赞。忘形之处竟称洪承畴为月下老人，还赏他黄金千两，让他回杭州去了。待到华灯初上时分，顺治帝硬要董小宛拜董鄂王为义父，以避当时清官"不纳汉妃"的约制，接着把董小宛加封为贵妃娘娘，派人精心侍候，不得怠慢。

顺治帝勤政之暇，喜欢绘画，每每画就收笔时，才展露一丝难得的微笑。要在平时，顺治帝几乎整日都郁郁寡欢。他想起自己的母亲孝庄皇后竟以国母之尊下嫁小叔子多尔衮，想起自己的妻子吴克善之女也与多尔衮有旧，后虽废之，但一切积郁在心，无法排解。如今董小宛进宫，顺治帝不觉心情豁然开朗起来，便把她养在兰馨宫，并派有掌宫婆日夜服侍，稍有空闲，必来兰馨宫探望。一日，董小宛提及自己与江南名士冒辟疆结姻之事，并请求放她回去。顺治帝回答说："你虽是有夫之妇，孤王却不会嫌你，我一见到你，魂都没了。"说着竟握着小宛的手，欲与其欢爱。董小宛断然拒绝，并要以死相抗。顺治帝见她发怒之状更是别有风韵，实不敢相逼，只得乖乖地出宫而去。为了感化小宛，顺治帝日常总要弄些珍宝古玩派人送去，均被退回；只有送给她的四盆素心兰，她破例收了。

时光易逝，不觉冬去春来。这一天，董小宛在春光下翻阅古书，看着看着便在躺椅上睡着了。顺治帝下朝之后，想起自己已多日未见小宛了，不由十分想念，便悄悄地来到兰馨宫。这时的小宛就轻睡在回廊的朝阳处，甜睡之中更显娇

媚之态。顺治帝不由俯下身来，双手轻抚她的脸庞。这一轻抚，使小宛忽地醒来，自然忙起身迎驾，并感谢万岁送她那四盆素心兰。顺治帝一听，很是奇怪："孤王命内侍送来那么多珍宝古玩，你不收也不谢，倒是这几盆兰花，你收下并要谢恩，这是何故？"

董小宛答道："万岁有所不知，我家冒郎最爱兰花，如今见到兰花又像见到冒郎一样，故而感谢万岁。"

顺治帝听了，钦佩之中又不无醋意地说："贵妃啊，孤王爱你爱得真诚，难道孤王身为一国之君，还不如你夫君一个平民百姓吗？"

董小宛正色道："万岁啊，人生之爱情，不是荣华富贵、虚荣浮名所能打动的。我与冒郎之间的爱情，是精神之恋，是血肉所铸的天成姻缘。万岁虽为一国之君，有万乘之尊，但要逼我与你相爱，我只有以死相抗！"

此言一出，顺治帝不由听得呆了，好一会儿才回过神来，叹道："贵妃之言真诚可鉴，孤王已然绝望了。孤王身为一国之君，竟然得不到美人之爱，这种皇帝做得有什么意思呢？还是出家去吧！"说完径直就往外走。小宛见状，不由得也惊呆了，堂堂一国之君却为了得不到美人而出家，心头益发紧张起来，于是赶紧拉着顺治帝说："万岁，切不可鲁莽行事！"顺治帝见小宛拉着自己，脸色才有所缓和，说："贵妃，你一定要有爱孤王之心！"小宛见他真的执拗，便只好答应："要我有爱万岁之心，可以，但请依我三件事。"

顺治帝忙问："哪三件？"

董小宛数道："第一，将兰馨宫改为经堂，我要在这里修身养性，免遭冤孽；第二，三公六卿、皇后王爷概不参拜；第三，我与万岁有君妃之名，但不许有君妃之事。"

三件事说完，顺治帝面露难色，前两件好说，后一件则不免让顺治帝有些犹豫了。小宛见状，又声言以死相抗，顺治帝无奈，也只好答应："好，好，三件事孤王都依你就是了，但孤王想拉拉你的手总可以吧！"到这种光景，小宛不好再坚持，她幻想有朝一日，能借助顺治帝之手杀了洪承畴这个无耻之徒，并赦放她回家团聚，便强作欢颜，伸了手让顺治帝细细抚摸。

尽管如此，仍是好景不长。没多久，佟后便知道了顺治帝金屋藏娇之事，于是去报告太后，商议怎样除掉董小宛，以正清规。

第二天，太后、佟后领御林军来到兰馨宫，命内侍拿来白练数尺，赐董小宛自尽。董小宛双手捧起白练，回想自己一生飘零，人生又多险恶，以及自己与冒郎相亲相爱却又不能团聚，活着真还不如一死。于是面朝南方，含悲自尽。待顺治帝闻讯赶到，她早已香消玉殒。顺治帝想起昨日还好好的一个美女子，今日却陈尸兰馨宫，自己身为一国之君，却无力得到她的爱，更无力保护她；再想起太后下嫁皇叔之耻、罢废吴克善女之烦恼，不由抚尸大恸。做皇帝尚且如此，生于尘世还有什么意思，一切都是虚无。董小宛死后，顺治帝连续五天不理朝政。直至第六天清晨，有内侍传出消息，说万岁不见了。这下可好，朝廷上下乱作一团。太后、佟后调兵遣将四处寻找，后在五台山找到了顺治帝，而此时的顺治帝已皈依佛门，四大皆空。太后虽然派董鄂王、修撰徐元文等朝廷重臣前往五台山恭迎顺治帝，但已无济于事。事后只好另立皇孙为帝，是为康熙皇帝。

　　江南名士冒辟疆，自爱妻入宫后，再无力回天，只好回转故里，直到老死。